A mis Soles.

DYLAR
ediciones

Ilustración
Ángel Fernández

Coordina la colección
Equipo Dylar

Diseño
Alfonso Méndez Publicidad

Maquetación y fotomecánica
Copion

Impresión
Broscmac, S.L.

Depósito Legal: M-44813-2005

ISBN: 84-96485-03-X

DYLAR Ediciones
Tel.: 902 44 44 13
e-mail: dylar@dylar.es
www.dylar.es

La Montaña del Cielo

LOLA HERRERO

DYLAR ediciones

Lola Herrero

Lola Herrero nació en Madrid, ciudad donde reside desde siempre. Empezó a estudiar Derecho en la Universidad Complutense de Madrid, pero enseguida se dio cuento de que lo suyo era inventor historias fantásticas. Tras realizar un curso de literatura infantil y juvenil, y animada por familiares y amigos, empezó a escribir, y desde 1997 está publicando libros para niños. Ha publicado varias obras en distintos editoriales y en ocasiones participa en actividades en torno al libro infantil y juvenil (lectura y crítica, jurado en diversos premios literarios, encuentros de autor...). Escribe libros de aventuras, realistas, de poesía, de intriga y misterio..., pero es en el género fantástico en el que verdaderamente se siente a sus anchas y con el que disfruta plenamente, dando riendo suelta a la imaginación.

Rellena tu ficha

La autora de «La Montaña del Cielo» se llama ....

Nació en Madrid, ciudad donde vive y donde empezó a estudiar .... en la Universidad Complutense.

Comenzó a publicar en el año .... y a partir de entoncesha publicado varios libros con distintas editoriales.

Aunque escribe libros de aventuras, de intriga, realistas, etc, el género .... es su preferido, género que le permite compartir con sus lectores su entusiasmo por el mundo de la fantasía y la imaginación.

I

Tras largos años de guerras y desastres en el planeta, la Tierra quedó asolada y, los pocos que sobrevivieron, tuvieron que empezar de nuevo, como al principio de los tiempos, iniciando una nueva vida. Poseían conocimientos y una gran inteligencia, pero les faltaban los medios. Todo había quedado destruido, y lo más seguro era internarse en los bosques y valles para así comenzar de nuevo, disponiendo únicamente de aquello que les ofrecía la naturaleza. Y así, fueron surgiendo aldeas y la gente se fue agrupando en tribus, y ya nada era como había sido siglos atrás. Empezaron a vivir amando la naturaleza y a sus criaturas. Sin embargo, siempre motivado por la inseguridad y el temor, comenzaron a surgir fanáticos que veneraban a dioses desconocidos y que crearon leyes y normas, algunas de ellas absurdas y bárbaras, para protegerse de falsos espíritus, de otras tribus o, quizás, de sí mismos.

Una de esas leyes atroces cambió la vida de la pequeña Sol. No obstante, ella cambió el rumbo de la historia...

La luna llena iluminaba la aldea. Había llegado el momento del parto. Uma sentía las contracciones cada tres minutos, pero las aceptaba con una sonrisa en sus labios. Había tardado mucho tiempo en quedarse embarazada, y la llegada de ese, su primer hijo, era el suceso más importante y maravilloso de su vida. La vieja Veva, partera y curandera de la aldea, estaba preparada para recibir al nuevo miembro de la tribu. Ni que decir tiene que todos, absolutamente todos, esperaban que el recién nacido fuera niño. Así había de ser con el primogénito, ¡esa era la ley! Si, por desgracia, fuese niña, tendría que ser entregada a los dioses, y su sacrificio protegería a la tribu durante los años venideros. Sería arrojada al río en un acto solemne, y sus padres lo aceptarían al igual que lo aceptaron sus antepasados.

Veva veía muy próximo el nacimiento del bebé. Uma aguantaba estoicamente los dolores e intentaba pensar en otras cosas para sobrellevarlo lo mejor posible. Muchas veces había visto parir a otras mujeres, y sus gritos desgarrados la habían atemorizado hasta el punto de temer su propio embarazo. Sin embargo, el día en que su gran amiga Sara dio a luz a su precioso bebé, ésta no emitió ni un solo grito, y Uma se lo agradeció en silencio y se propuso firmemente que el día en que ella diese a luz, no gritaría para no atemorizar a las niñas y jóvenes mujeres de la tribu, y para que viesen que parir era una experiencia natural y maravillosa.

Uma estaba en la choza con Veva. Normalmente estaban los padres con la partera, pero el marido de Uma había muerto hacía un mes en una cacería. Uma se sumió en una tristeza absoluta, pero Veva la ayudó a sobreponerse para así recibir con alegría la llegada de su hijo.

Uma empezó a sentir los dolores intensamente, hasta el punto de creer que no iba a poder soportarlo. Veva le daba de beber de vez en cuando de la infusión preparada con hojas de alquimila, para facilitar el parto, y Uma la bebía agradecida, sintiendo el alivio del líquido en su cuerpo.

Veva se sentía dichosa y no podía evitar emocionarse ante la llegada del hijo de Uma. Uma era como una hija para ella; Veva era viuda y sin hijos y, al enviudar Uma, las dos decidieron vivir juntas en la misma choza. A partir de entonces, compartieron su vida unidas como madre e hija.

El hijo de Uma comenzó a asomar la cabeza, mientras su madre apretaba con todas sus fuerzas, deseosa de que su pequeño saliera al fin y de que todo acabase de una vez.

—¡Vamos, Uma! —le animaba Veva—. ¡Lo haces muy bien! ¡Está a punto!

Animada por las palabras de Veva, Uma apretó intensamente y la cabeza del bebé salió entera. Veva la cogió entre sus manos y sacó el diminuto cuerpo de un tirón.

—¡Por fin, Veva! —dijo Uma, exhausta y

sudorosa tras el enorme esfuerzo—. ¡Qué feliz soy! ¡Déjame verlo!

El bebé rompió en llanto y Uma empezó a reír de felicidad.

—¡Tiene buenos pulmones! —exclamó orgullosa su madre.

Desde que el bebé había salido del seno materno, Veva no había dicho ni una sola palabra, y en su cara se apreciaba un gesto de dolor. Uma no tardó en percatarse de ello y, tras la euforia inicial, sintió que el corazón se le encogía al ver el rostro de la partera.

—¿Qué ocurre, Veva? —preguntó alarmada—. ¿Está enfermo mi hijo? ¿Le falta algún miembro? ¿Es deforme?

Veva envolvió al bebé con una manta que había tejido Uma con sumo cariño durante el embarazo, y se acercó a ella, acomodando al pequeño en los brazos de su madre. Veva se sentó a su lado, mientras Uma miraba extasiada aquella carita sonrosada y perfecta.

—¿Por qué no veo alegría en tu cara, Veva? ¡Es un niño precioso! ¡Descúbrele, quiero ver su cuerpecito! —dijo Uma, y empezó a desprenderle de la manta.

Veva cogió las manos de Uma, impidiendo así que siguiese, y la miró fijamente con lágrimas en los ojos.

—Uma, eres una mujer valiente y fuerte —empezó a hablar Veva—, y ahora más que nunca deberás demostrarlo.

—¿Qué... qué sucede, Veva? ¿Qué me quieres decir con eso? ¡Habla de una vez!

—Tu bebé está sano y entero, pero... no es un varón, Uma. Es una niña. Una niña... preciosa.

Uma sintió un dolor indescriptible y las lágrimas corrieron por sus mejillas. Estuvieron unos segundos en silencio, mirando al vacío, mientras el bebé dormía acurrucado en los brazos de su madre.

De pronto, Uma se secó los ojos y habló:

—Veva, tienes que ayudarme —dijo firmemente.

—¿Qué quieres decir? —preguntó Veva, temerosa de lo que se le hubiera podido ocurrir a Uma.

—No pienso dejar que sacrifiquen a mi hija —sentenció Uma.

—¡No puedes ir en contra de las leyes de la tribu! ¡Sabes que no puedes impedirlo! ¡No sólo sacrificarían a tu hija, sino que a ti te juzgarían por rebelde!

—Tienes que ayudarme, Veva. ¡Sin tu ayuda no podré hacerlo!

—Pero... ¿qué es lo que pretendes hacer, insensata?

—Voy a hacer que mi hijo viva conmigo en la tribu, hasta que tenga edad suficiente para irse en busca de otra tribu que le acepte.

—¿Tu hijo? ¡Es una hembra, Uma! ¡No pierdas la razón, mujer! ¡Tienes una hija!

—¿Hija? ¿De qué me hablas? —preguntó Uma con una sonrisa en sus labios.

—Pero...

—He dado a luz un hijo, Veva. Es un bebé precioso.

—¿Y si se enteran, Uma? —preguntó Veva, adivinando las intenciones de Uma y cogiéndole la mano con cariño.

—Intentaremos que no lo descubran. Necesitaré tu ayuda, Veva. ¡Más que nunca! No voy a permitir que arrojen a mi hija al río sólo por ser hembra.

—No hables así, mujer. ¡Si te oyesen acabarían contigo! Siempre has estado en contra de esa ley; aunque no lo dijeses, yo te lo notaba en la cara. Eres rebelde, Uma. Rebelde y diferente al resto de las mujeres. ¡Ni siquiera tu pobre marido podía dominarte!

—Siempre he sido diferente. No puedo evitarlo. Mi marido también lo era, cuántas veces se han burlado los hombres de él por considerarlo débil con su mujer, ¡ignorantes! Él me aceptaba tal como soy. ¡Cuánto le echo de menos, Veva! ¡Me hace tanta falta en estos momentos!

—Presiento que esta hija tuya también va a ser diferente. Con estos padres... ¡Tendremos que educarla muy bien!

—¡Será buena y comprensiva como su padre, y rebelde y luchadora como su madre! Pero ella llegará más lejos que yo... ¡Es importante que mi hija viva, Veva! ¡Sé que es importante!

Veva se levantó con el bebé en sus brazos, dispuesta a salir de la choza y presentar al recién nacido a los otros miembros de la tribu, que esperaban impacientes a que saliera tras haber oído el llanto del bebé.

—Por cierto —dijo Veva—, ¿qué nombre has pensado para tu hijo?

—Sol... Se llamará Sol —dijo Uma, con un destello de felicidad en sus ojos.

2

Sucedió antes de lo que Uma y Veva habían previsto. Las dos mujeres esperaban que ocurriese cuando Sol empezase a dar muestras de madurez física y ya no pudiese esconder su verdadero sexo. Pero Sol se adelantó a ellas y así se lo hizo saber una cálida tarde de finales de primavera, mientras las tres pelaban raíces para la cena.

—Madre, Veva, tengo que deciros algo importante —dijo Sol.

Las dos mujeres dejaron su trabajo y se miraron con cierta inquietud. La voz de Sol sonó tensa.

—Me voy —dijo Sol, y bajó la cabeza para evitar la mirada de su madre.

Uma sintió esas dos palabras como una

daga en su corazón, pero intentó mantenerse lo más serena posible. Veva, sin embargo, trató de hacer cambiar de idea a Sol.

—Pero, Sol, ¡aún eres muy joven para dejarnos! —exclamó Veva—. Tu cuerpo es de niña, todavía le queda tiempo para transformarse.

—¿Cuánto Veva? —preguntó Sol—. ¿Cuánto? ¿Un año? ¿Dos? ¿Creéis que yo quiero irme, alejarme de vuestro lado, perderos? Os aseguro que estoy sufriendo mucho más que vosotras. Por primera vez en mi vida me siento sola. Y tengo miedo, mucho miedo. No sé qué va a ser de mi vida, y esa duda me aterra. Pero la decisión está tomada y no me haréis cambiar. Habéis guardado el secreto demasiado tiempo, y sé que han sido unos años de temor y desasosiego constantes. Pero sé que lo habéis hecho por amor y nunca os lo podré agradecer lo suficiente. Sois las dos personas que más amo en mi vida. Por eso he de dejaros cuanto antes. Quiero liberaros de esta larga inquietud en la que vivís día tras día por mi culpa; y no puedo permitir que, por azar del destino, me descubran, porque eso supondría la muerte para vosotras y yo no me lo perdonaría jamás. Es demasiado grave lo que habéis hecho, aunque yo os lo agradezca. Debo dejaros. No podéis correr más riesgos.

Veva iba a replicar, pero Uma la detuvo con un gesto.

—Mi pequeña... —dijo Uma—. Siempre he temido este momento y, ahora que ha llegado, me doy cuenta de que es aún más doloroso de lo que me imaginaba. Pero no voy a intentar retenerte. Creo que has tomado una buena decisión.

—¡Uma! —dijo Veva.

—Sí, Veva. Sol tiene razón. ¿Cuánto tiempo más podrá ocultar su cuerpo? ¿Y si la descubren? A nosotras no nos importa lo que nos hagan, pero ¿y a nuestra pequeña? ¿Crees que la dejarían vivir? Sol es también cómplice de nuestra falta. ¿Recuerdas lo que te dije el día que Sol nació, Veva? Te dije que era importante que ella viviese. Y lo sigo creyendo. No podemos arriesgarnos a que una ley irracional decida por su vida, cuando nosotras hemos luchado todos estos años por mantenerla viva.

—Pero, aún es una niña —insistió Veva.

—Una niña no es capaz de tomar una decisión así. Su cuerpo es aún de niña, pero su mente está preparada para enfrentarse al mundo. Sol —dijo Uma, abriendo sus brazos—, ven y acércate, hija. —Sol se acercó a su madre y se acurrucó en su regazo como lo había hecho desde que era muy pequeña—. ¿Cuándo has pensado partir, niña mía?

—Mañana, al alba, madre.

Uma se estremeció, y apretó con más fuerza el cuerpo de su hija. Quizás ya no podría hacerlo nunca más y quería saborear ese momento. Veva rompió a llorar. La vieja curandera quería a Sol como a una hija y se resistía a perderla, tanto como su madre. Pero se daba cuenta de que Uma tenía razón: no podían poner en peligro la vida de Sol por más tiempo, y ella misma había tomado la decisión. A pesar de sus quejas, Veva sabía que Sol estaba preparada para marcharse. Las dos mujeres habían educado a aquella niña de manera distinta a como los demás padres y madres de la tribu educaban a sus hijos. Desde muy pequeña, trataron de que Sol creciera fuerte física y mentalmente, y le enseñaron poco a poco todo aquello que le sería útil en el futuro, cuando tuviera que partir y que enfrentarse sola a la naturaleza y al mundo.

Sol en seguida empezó a conocer las plantas comestibles y medicinales. Veva le enseñó a reconocerlas y a extraerlas, así como un sinfín de trucos que sólo una persona experta podía conocer.

Pronto empezó a cazar y siempre llevaba con ella un tirachinas para hacer prácticas con pequeños animales. También sabía hacer un fuego en medio del bosque, coser y tejer sus propios vestidos, conservar los alimentos, pescar... Uma y Veva le enseñaron todo aquello que le iría a hacer falta el día de mañana y Sol superaba con creces a los demás niños y niñas de su edad. Sol era inteligente y muy rápida aprendiendo. Cuando tuvo edad suficiente para razonar, Uma y Veva la pusieron al corriente de su situación, y ella lo aceptó agradecida y se ocupó de que nadie la descubriese, sabiendo en todo momento superar las situaciones incómodas y peligrosas, con toda naturalidad y habilidad. ¡Uma y Veva se sorprendían a menudo al ver a Sol salir airosa de un aprieto con tal rapidez! Hubo un día en que, con tan sólo cinco años, los demás niños le dijeron de improviso que fuese a bañarse al río con ellos para jugar y ella les dijo que no podía porque le había salido una urticaria en la piel y que Veva le había dicho que tenía que tener el cuerpo cubierto hasta que se le pasase. Uma y Veva, que la oyeron, se metieron rápidamente en la choza, para evitar que las viesen reírse de esa manera. Las dos mujeres estaban orgullosas de su pequeña y Sol las quería con locura.

Formaban una hermosa familia. A menudo y de noche mientras contemplaban las estrellas, Uma hablaba a Sol de su padre y ésta miraba sonriente el cielo, esperando que aquel ser maravilloso del que su madre hablaba extasiada, las estuviese observando. Sol lamentaba profundamente no haber conocido a su padre, pero le veneraba y le idolatraba hasta el punto de no querer saber nada de ningún otro hombre de la tribu, especialmente de aquellos que se acercaban a su madre con no muy buenas intenciones. Uma le decía a menudo que no se preocupara, que ella no iba a unirse a ningún otro hombre, ni siquiera a Jon, que era el único que hacía enrojecer y reír nerviosamente a Uma, cosa que al principio sorprendía enormemente a Sol y que le hacía preguntarse por qué le ocurría eso a su madre con este hombre y no con los otros. Pero Uma, que era una mujer muy bella, robusta, de tez muy blanca y pelo negro y lacio, tenía muy claro que no iba a compartir con ningún hombre el cariño de su hija y, por supuesto, su secreto.

Según iba creciendo, Sol se iba pareciendo a su madre: era alta y robusta y su pelo era lacio y negro también, aunque ella lo llevaba corto como los niños varones de la tribu. Su piel, sin embargo, era más oscura, herencia de su padre. Todo el conjunto hacía presagiar a Uma y a Veva que Sol sería una mujer hermosa. Uma decía orgullosa que con su hermosura, su inteligencia y su fortaleza, Sol llegaría muy alto. Veva la escuchaba con ternura y tristeza, pensando en eso de llegar alto, teniendo en cuenta la vida que se les destinaba injustamente en ese tiempo a las mujeres... Veva dejaba a Uma que soñase orgullosa y, aunque se resistía a pensar en ello y nunca se lo dijo a Uma, la vieja curandera tuvo un día un fuerte presentimiento. Presintió, al igual que Uma, que Sol iba a hacer algo importante, que su vida estaba destinada a algo desconocido, pero grande y maravilloso. Y con esa idea, Uma expresándola sin reparos y Veva pensándola en secreto, las dos mujeres alimentaban su vida y soñaban con ese algo que habría de llegar en un futuro, cuando Sol fuese mujer. Lo que no imaginaban es que, al igual que la partida de Sol, ese algo iba a suceder mucho antes de lo que ellas esperaban.

—**T**engo miedo, madre —dijo Sol, acurrucada en los brazos de Uma.

—Todos tenemos miedo, Sol. Pero habrás de enfrentarte a él. Y sólo tú podrás hacerlo. Nosotras no estaremos físicamente para ayudarte, pero nos llevarás dentro de ti; porque aunque no nos veas, nuestro recuerdo te acompañará a todas partes y todo aquello que te hemos enseñado, lo podrás utilizar cuando lo necesites, vendrá a ti en el momento adecuado. Esa es nuestra herencia. De esa manera, estaremos siempre contigo, apoyándote en los momentos duros de tu vida.

—Pero, no podré preguntaros qué hacer cuando me encuentre en peligro.

—No será necesario —dijo Veva—. Sabrás defenderte sola. Escucha a tu mente y confía en ti misma. Guardas un tesoro dentro de ti, un tesoro de sabiduría, de fortaleza y, sobre todo, de amor. No necesitas más. Aprende de tus equivocaciones y ya verás cómo cada vez será mucho más fácil. Somos uno con la naturaleza y ella está ahí para ayudarnos. Déjate llevar por ella y agradece y goza de todo aquello que te aporta. Te espera un largo viaje hacia lo desconocido, pero déjate llevar por tu instinto, él sabrá guiarte hasta tu destino. Descubrirás por ti misma que el ser humano puede sobrevivir frente a situaciones tremendamente difíciles, sólo con obedecer a su instinto y a su propia sabiduría, una sabiduría que nos legaron nuestros antepasados desde el principio de los tiempos. La naturaleza será tu compañera, fúndete con ella y déjate fluir libremente, como fluye el agua, fuente de vida y salud. Tu madre y yo te hemos enseñado muchas cosas.

Utilízalas con sensatez y vive en armonía con la naturaleza y con sus criaturas.

—Os quiero tanto... ¡Cuánto os voy a echar de menos! Madre, ¿podré dejarme crecer el pelo, como tú?

—¡Por supuesto que sí! Deja que tu pelo crezca libremente. Ya no tienes que esconderte de nadie. ¡Al fin podrás ser tú misma!

—Pero, me da miedo... ¡Tan acostumbrada a actuar como un niño! Me hubiese gustado haber nacido varón. Nos habríamos evitado todo esto y no tendría que irme y seríamos felices y...

—No hables así, Sol —le cortó Uma—. Debes aceptarte tal como eres y debes estar orgullosa de tu cuerpo, de tu edad, de tu peso, de tu altura... y de tu vida. Recuerda que eres una persona única y especial, y eso te hace ser valiosa. ¡Deja crecer tu pelo y verás como te sientes mucho mejor!

De pronto, vieron a Jon que corría hacia donde ellas estaban. Estaba visiblemente preocupado y se le veía muy nervioso.

Uma se levantó rápidamente y, cuando Jon se detuvo frente a ella, le preguntó:

—¿Qué sucede, Jon?

—El viejo Ator ha ido a decirle al jefe que Sol es una hembra, que os ha estado espiando mientras hablabais y que os ha oído todo.

—¡Oh, no! —Uma empezó a llorar y a temblar—. ¡¿Qué vamos a hacer?!

—Un grupo de hombres, encabezados por el jefe, vienen hacia aquí. Sol tiene que escapar inmediatamente.

—¡No podemos! ¡Tenemos que ir a la choza para recoger todo lo que se tiene que llevar! —gritó Veva.

—No podéis ir. Os los encontraríais, tenéis que cruzar la aldea. Yo mismo he ido a vuestra choza y he cogido esto. Toma —dijo Jon, entregando a Sol una bolsa de cuero.

Sol abrió la bolsa y vio el contenido: un cuchillo, su tirachinas y un cuenco de metal.

—Es lo único que he podido coger —dijo Jon—. Átatelo al cinturón y márchate. Corre lo más rápido que puedas y no pares hasta que estés segura de que nadie te sigue. Sé que eres una chica valiente y fuerte, te he visto crecer. Lograrás escapar sana y salva.

—¡Jon...!

—Sí, Uma. Yo también os he oído, aunque no os espiaba. Había venido para verte y...

—Ator es un viejo loco que desvaría, y es muy posible que no le crean, pero a ti sí te creerán —dijo Uma con lágrimas en los ojos.

—Saldremos de ésta, Uma —dijo Jon, cogiendo las manos de Uma entre las suyas—. Te amo demasiado como para perderte por culpa de una absurda ley. Diremos que Ator miente y que yo, para corroborarlo, estaba con vosotras. Sol se ha ido a buscar raíces al bosque y... desgraciadamente será atacada por algún animal. Mañana, antes del amanecer y aprovechando que todos duermen, iré en su busca, y yo mismo encontraré su cuerpo sin vida y lo enterraré allí, en el bosque.

Sol se acercó a Jon y le abrazó fuertemente.

—Gracias, Jon —le dijo—. ¿Puedo pedirte algo?

—Pídeme lo que quieras.

—Cuida de ellas, por favor. Haz que no les pase nada y —esto se lo dijo al oído—: ¡convéncela de una vez y cásate con ella!

—Puedes estar segura de ello, Sol. Confía en mi. Suerte, pequeña.

Sol se acercó a Veva y a su madre y las tres se fundieron en un triste e intenso abrazo.

—Confía en ti misma, Sol —le dijo Veva—, y comparte tu amor con cada persona que encuentres. Recuerda que cuanto más amor des, más recibirás. De esa forma, siempre habrá alguien que esté dispuesto a ayudarte. Tu madre y yo rezaremos por ti y estaremos siempre contigo. Conseguirás todo aquello que te propongas. Estás destinada a hacer algo importante en tu vida y, tanto tu madre como yo, estamos seguras de que lo lograrás.

Sol volvió a abrazarlas. Al instante se secó las lágrimas y se dirigió a Jon:

—No sé hacia dónde ir, Jon.

—Ve a la Montaña del Cielo —le dijo Jon.

—Pero..., ¡está muy lejos!

—Hazme caso, Sol. Sigue ese camino. Es tu destino. Tardarás mucho tiempo en llegar, pero no importa. Ahora vete, ya oigo voces que se acercan, ¡vete y corre todo lo que puedas! ¡Y no pares hasta que estés segura de que estás a salvo!

Sol empezó a correr hacia el bosque y pronto desapareció de la vista.

—Adiós, hija mía. Nunca volveré a ver a mi pequeña —lloraba Uma.

—Sobrevivirá y será feliz, Uma —dijo Veva—. Estoy segura.

—Y volverá —dijo Jon.

—¿De verdad crees que volverá, Jon? —preguntó Uma con un atisbo de esperanza en sus ojos.

—¡Claro! —exclamó Jon convencido—. Sol es un miembro de esta tribu y como tal volverá.

—Pero, ella no puede regresar. ¡Se descubriría el engaño!

—Tienes razón, Uma —dijo Veva, animada por las palabras de Jon—, pero yo también tengo el presentimiento de que Sol volverá algún día.

—Además —dijo Jon—, ¡tendrá que venir a conocer a sus futuros hermanos!

—¡Oh, Jon! —dijo Uma, ruborizándose.

Veva y Jon intercambiaron una sonrisa de complicidad y, cuando oyeron los gritos del viejo Ator muy cerca de ellos, se sentaron a pelar raíces como si no hubiese pasado nada.

A lo lejos, Sol corría y corría. Al principio lo hacía angustiada pero, poco a poco, la angustia se fue tornando gozo al sentir el aire en su cara y verse inmersa en pleno bosque, sola con la naturaleza; y se dejó llevar, fluyendo como el agua, y una sonrisa de felicidad se plasmó en sus labios. Veva y Uma estarían a salvo y su madre volvería a gozar de la compañía de un hombre, incluso podría tener más hijos. Y ella, Sol, regresaría a su lado algún día. Estaba segura de ello. Pero tenía que regresar como hembra, y lo haría con la cabeza muy alta. Aún no sabía cómo lo lograría pero, mientras corría, pensó que ésa era su misión en la vida, su destino, aquel *algo* importante de lo que hablaba Uma, y no pararía hasta conseguirlo.

3

Cuando Sol se despertó, se encontró tumbada en la tierra, rodeada de árboles y, como único sonido, el de las criaturas del bosque que despertaban a un nuevo día. Al principio le costó darse cuenta de su situación, no sabía qué hacía ahí, en medio del bosque, sola, pero en seguida recordó todo lo sucedido el día anterior y supuso que, tras correr durante largo rato, cayó exhausta al suelo y se quedó profundamente dormida hasta el día siguiente.

Se levantó del suelo y notó unos fuertes dolores musculares en sus piernas, sin duda por todo lo que había corrido el día anterior, pero pronto desaparecerían los dolores, en cuanto iniciase su marcha, ahora más calmada sin miedo a posibles persecuciones. Se desperezó y, tras ajustarse firmemente la bolsa de cuero a su cintura, echó un vistazo a su alrededor antes de iniciar su camino. A lo lejos vio la Montaña del Cielo, majestuosa. El paisaje era grandioso y sobrecogedor. Ella nunca había llegado tan lejos; siempre que había salido a buscar plantas, se había quedado en los linderos del bosque. Pero ahora era diferente. Ahora estaba en el corazón del bosque y su belleza superaba con creces los lugares que ella conocía.

Sol vio a los pájaros revolotear en el cielo, para después posarse en las ramas de los árboles. Algunos iban a sus nidos, donde aguardaban los polluelos hambrientos. Los trinos de algunas aves eran una delicia para los oídos, y el colorido de su plumaje contrastaba con la inmensa variedad de tonos verdes de los árboles. Sol estaba rodeada de arces, hayas y olmos. Los arces con sus robustas ramas y sus flores colgantes de color verdigris; y las hayas y olmos, con sus copas frondosas, dando cobijo a las aves de aquel paraíso. Y por todas partes, un sinfín de plantas acompañaban este universo de color y de vida. Al ver aquellas plantas, Sol sintió un vacío en el estómago que le hizo recordar que pronto tendría que aliviar una necesidad importante: el alimento. Y entonces pensó en otra necesidad aún más apremiante: el agua. Sol sabía que sin comer se podía aguantar hasta varias semanas, pero sin beber... Y tenía que mantener a toda costa su cuerpo hidratado. Veva y Uma le enseñaron que los seres vivos, tanto los animales como las plantas, también aportan agua, pero necesitaba estar bien provista del líquido elemento para así evitar la deshidratación. Tenía un largo camino por recorrer y hacía calor, con lo que perdería mucha agua sólo con el sudor.

Sol sabía que en el bosque había riachuelos y manantiales que le proporcionarían agua, tan sólo tendría que aguzar el oído para oír su sonido y dirigirse hacia el lugar.

Un montón de pensamientos se agolpaban desordenadamente en su mente y decidió sentarse y ordenar sus ideas. Tenía que organizar un plan de viaje y, sobre todo, tenía que lograr sobrevivir sólo con un cuchillo, un tirachinas y un cuenco de metal. Pero ante todo, y eso era lo más importante, tenía que evitar que sentimientos de soledad, inseguridad y miedo, le impidiesen llegar a la Montaña porque entonces ya no sería capaz de sobrevivir, y debía mantenerse viva, por ella misma y por Uma y Veva.

Sol se sentó en el suelo con las piernas cruzadas y empezó a organizar mentalmente su viaje hacia la Montaña del Cielo.

Pensó en su madre y en Veva y, por un instante, se imaginó volviendo a casa y a ellas recibiéndola con besos y abrazos. Pero eso, aunque lo desease con toda su alma, era imposible. No podía volver. No ahora. Empezó a invadirle un sentimiento de angustia y de soledad al pensar en su situación y en seguida decidió no pensar más en ello. No podía decaer ante tales sentimientos y pensó que, ante todo, debía mantener la mente continuamente ocupada en el viaje y su organización. Recordó con una sonrisa los tres valores que Veva consideraba primordiales en la vida para salir adelante y realizar con éxito cualquier trabajo: valor, imaginación y disciplina. Valor no le faltaba, disciplina tampoco —Uma y Veva se habían encargado de inculcársela—, e imaginación... ¡eso sí tenía que potenciarlo! ¡Y había llegado el momento!

Sol se fue sintiendo más serena y empezó a pensar en lo primero que debía hacer. Pensó que lo más importante era ponerse en camino cuanto antes, y buscar alimento y agua para poder continuar hasta que anocheciese; entonces buscaría un refugio donde pasar la noche, porque a la intemperie le parecía demasiado peligroso. Además, aunque hacía calor, podía caer una tormenta nocturna. Sol pensó en las consecuencias y, de pronto, se estremeció al venirle a la mente una palabra en la que no había pensado hasta ahora y que, al pensar en ella en aquellos momentos, le pareció aún más terrible dada su situación de soledad: enfermedad. Ésa era la palabra y Sol se asustó, aunque intentó serenarse. Pensó en Veva, y en todas las cosas que había aprendido de ella sobre las enfermedades, no sólo los remedios para curarlas, sino las ideas de la vieja curandera...

—Los seres humanos somos seres sanos por naturaleza, Sol —le decía Veva a menudo—. Somos perfectos y nuestro cuerpo funciona perfectamente. Somos nosotros los responsables de nuestras enfermedades, y por ello, nosotros somos también capaces de curarnos de cualquier desequilibrio. Sólo hay que usar las medicinas que la naturaleza nos ofrece y estar convencidos de nuestra propia curación...

Sol sonrió al recordar las palabras de Veva, y se sintió segura y confiada al reescucharlas en su mente. Tal y como Veva le decía, no debía de tener miedo a nada, ni siquiera a la enfermedad; porque, aunque cayese enferma, ella misma sería capaz de curarse, utilizando todo aquello que había aprendido. A pesar de todo, siguió pensando que era mejor buscar un buen refugio para la noche y evitar una tormenta o cualquier otro peligro.

Sol se puso en marcha y comenzó a andar en dirección a la Montaña del Cielo. A los pocos metros vio, cerca de un haya, ajo de oso, una planta que, aunque su olor es muy fuerte, posee un sabor bueno. Sol, que ya oía el sonido de sus tripas reclamando alimento, se alegró al instante. Se acercó a la planta y, con el cuchillo, cortó con delicadeza un puñado de hojas, con cuidado de no arrancar las raíces y de coger únicamente la cantidad que iba a consumir. Veva le había enseñado que tenía que hacerlo de esa manera para evitar que la planta desapareciese y así pudiese seguir creciendo.

Sol se sentó y masticó lentamente las hojas. ¡Le supieron de maravilla! Se hubiese comido el doble, pero decidió seguir andando y esperar a encontrar más alimento en el camino.

Después de un buen rato, Sol empezó a sentir sed. Durante ese tiempo no volvió a encontrar plantas comestibles. Encontró grandes colonias de cicuta, junto a las hayas, y de belladona, tan atractivas como venenosas, pero ninguna que se pudiera comer.

De pronto, sintió un ligero mareo. Llevaba bastante tiempo caminando, sin beber ni una gota, y con muy poco alimento en el estómago. Aun así, decidió seguir su camino, pero pronto empezó a decaer. Su sed era intensa y sentía una gran sequedad en su boca. De vez en cuando se mareaba y tenía que parar para no caerse al suelo y, en algún momento, sintió ganas de dormir. Sol intentaba con todas sus fuerzas seguir caminando y, mientras lo hacía a paso lento e inseguro, un cúmulo de imágenes se mezclaban en su mente.

De repente, una abeja pasó por encima de su cabeza, y aquella señal hizo salir a Sol de ese semidelirio en el que se encontraba. Sol pegó un grito de alegría y sacó todas las fuerzas que le quedaban para seguir andando. Ella sabía que la presencia de insectos era un indicio de que cerca había agua.

Cuando Sol vio los sauces, se le iluminó la cara. Aquellos árboles abundaban en los lugares cercanos al agua, además de ser sus flores un auténtico manjar para las abejas. Según se iba acercando, Sol pudo apreciar huellas de mamíferos, señal de que iban allí a beber, y vio también hormigas y algunas avispas.

Cuando Sol llegó al riachuelo, metió su cabeza en el agua y bebió ansiosa del preciado líquido. Después se despojó de sus ropas y se refrescó el cuerpo entero. Seguidamente se sentó en el suelo con los pies dentro del agua y descansó durante un rato, rato en el que pensó que su viaje no iba a ser tan sencillo como ella pensaba y que había que cambiar algunas cosas. Por ejemplo, y esa era la primera, no podía seguir viajando sin agua. Tenía que llevar agua con ella, pero, ¿cómo?

Sol empezó a llorar. Se sentía perdida e impotente. Se daba cuenta de que su situación era más difícil y dura de lo que ella había pensado. Por un momento dudó del éxito de su viaje, pero intentó borrar esa idea que no la beneficiaba nada.

—Ya has llorado todo lo que tenías que llorar. Y ahora, ¿qué? —se dijo en voz alta.

De pronto sintió como si no hubiese sido ella la que hubiese pronunciado tales palabras, sino su madre. Efectivamente, Sol estaba segura de que Uma le hubiese dicho lo mismo en ese momento.

Sol levantó la mirada hacia el cielo y sonrió. Tal y como le habían prometido, Uma y Veva estaban con ella, no la abandonarían nunca, y ahora le daban ánimos para seguir adelante. Con más valor.

Sol se dio cuenta de que era ahora cuando realmente empezaba su «viaje», un viaje que le supondría una constante lucha por la supervivencia y un continuo batallar contra las adversidades. No era lo que ella pensaba. Era mucho peor. Pero no estaba sola. No sólo la acompañaban su madre y Veva, sino que estaba acompañada por ella misma, como decía Uma, «la única persona con la que vas a estar siempre» y recordó las palabras de su madre: «Confía en tu propia sabiduría y conseguirás todo aquello que te propongas». Sol estaba decidida a conseguirlo. Tenía valor, disciplina y, a partir de ese momento, ¡tendría que echarle mucha imaginación!

Sol decidió quedarse en aquel lugar a la espera de algún pequeño mamífero que le sirviera para sus propósitos. Se alejó del riachuelo y se quedó agazapada entre unos arbustos esperando la llegada de algún animal que se acercase para beber. Había visto algunos excrementos de liebre y estaba ansiosa por que alguna apareciese de un momento a otro. Preparó su tirachinas y esperó pacientemente. Sol era una buena tiradora y confiaba en acertar cuando llegase el momento. Eso no impedía que tuviese los nervios de punta. Nunca había usado el tirachinas por verdadera necesidad, como ahora, y no podía evitar un ligero temblor en sus manos.

Cuando la liebre apareció, Sol hizo acopio de toda su destreza y se concentró en el blanco; apuntó y la piedra golpeó la cabeza del animal quedando éste en el suelo sin vida.

Sol lanzó un grito de alegría.

—¡Lo he conseguido! ¡Y a la primera! —gritaba eufórica.

Se acercó apresuradamente a la liebre, la cogió y se puso manos a la obra.

Intentó buscar un lugar limpio de hierba y maleza y alejado de árboles para hacer un fuego. Como le fue difícil encontrarlo, tendría que rodear la fogata que iba a preparar con piedras. Con la liebre sujeta a su cintura, para evitar que otro animal se la llevase, Sol fue en busca de piedras, de restos de algún tronco de árbol caído y de yesca y leña seca para encender un fuego.

Encontró ramas secas que habían caído de los árboles y que estaban esparcidas por el suelo, y también cogió ramas bajas para ir alimentando el fuego. Como yesca, se arregló con hierbas secas, pelusa de algunas plantas, hojas y cortezas de árbol. Con eso podría iniciarlo.

Sol había aprendido dos maneras de producir fuego: una era por frotamiento, y la otra consistía en rascar la hoja de un cuchillo contra una piedra hasta producir chispas que se dirigiesen hacia la yesca. Sol se decidió por el primer sistema y empezó a trabajar.

Había conseguido parte de un tronco de árbol y eso fue lo que utilizó como base. Con el cuchillo, y haciendo uso de toda la fuerza que tenía, hizo una hendidura en el tronco. Colocó la yesca en el agujero, y empezó a frotar un palo sobre éste, con movimiento rotatorio y presionando hacia abajo. Sol sabía que tenía que armarse de paciencia y que no podía dejar de frotar, porque si paraba, se enfriaba y ya no serviría para nada lo que había hecho. Respiró hondo y empezó a frotar con sus manos hasta que empezó a oler a quemado; entonces empezó a frotar mucho más rápido hasta que la yesca se incendió. ¡Ya había conseguido lo más difícil!

Era una estupenda fogata. Sol la rodeó con las piedras para evitar cualquier peligro de incendio, y fue alimentando el fuego poco a poco.

Tenía las manos llenas de ampollas y le

escocían, pero eso no le impidió ponerse a trabajar con la liebre.

Apoyándose en una roca, hizo un corte en la zona de los pies del animal y, tal y como le había enseñado Uma, mientras sujetaba los pies con una mano, con la otra fue estirando la piel hasta llegar a las patas delanteras, y así extrajo la piel entera, sin roturas. Le costó un esfuerzo ímprobo. Sol estaba acostumbrada a vérselo hacer a su madre, pero colgando el animal en un palo por los pies y, de esa forma, ir tirando de la piel hacia abajo; ¡era mucho más fácil extraer la piel de esa manera! Pero Sol no disponía de cuerdas para atar al animal, y tuvo que hacerlo como pudo.

Cuando terminó, se propuso hacerse con cuerdas y, mientras trabajaba con la liebre, recordó que de la corteza de algunos árboles podía sacar tiras que, entrelazándolas, podían crear cuerdas; y también de las hojas de las plantas y de la piel, los pelos y los tendones de los animales. Tenía que proveerse de todo el material necesario para conseguir cuerdas que le facilitasen, a partir de ahora, el trabajo.

Sol limpió la piel del animal, rascándola para quitar los restos de carne, la lavó en el riachuelo y la dejó secar al sol.

Después, sintiendo su estómago más vacío que nunca, decidió darse un buen festín y, antes de asar la liebre, fue en busca de algunas plantas que le sirviesen para hacerse una buena infusión.

Encontró armuelle, pamplina y violeta, y se abasteció de una buena cantidad de hojas y tallos.

También encontró tomillo y ajedrea, que extendería sobre la liebre para darle un buen sabor; y caléndula, con sus bonitas flores de color naranja, con cuyas hojas se prepararía un jugo para curar las ampollas de sus manos.

Sol lavó las hojas y tallos de las plantas recogidas, y puso agua a hervir en su cuenco de metal, apoyado entre dos piedras altas a los lados del fuego, para no colocar el cuenco directamente en éste. Cuando el agua empezó a hervir, Sol retiró el cuenco, metió las plantas y esperó un rato hasta que se enfriara. Uma le había enseñado que la planta nunca debe hervir, porque si hirviese perdería todas sus propiedades.

Mientras se enfriaba la infusión, Sol asó la liebre. Empaló el animal en una rama larga y resistente y, tras echarle por encima las hierbas recogidas, le fue dando vueltas sobre el fuego, ¡con infinita paciencia!, hasta que el animal quedó asado.

¡Aquello sí que fue un auténtico festín! Sol se tomó la infusión y ¡devoró! la liebre, dejando sólo los huesos, que guardó en su bolsa, pensando que le servirían de alguna utilidad. Con Uma aprendió que de un animal se aprovecha todo: la piel, la cabeza, el hígado, el corazón, los riñones, la sangre, las tripas, los huesos, los tendones, los ojos... ¡todo! ¡Y Sol dio buena cuenta de ello!

Después de la comilona, machacó las hojas de caléndula en el cuenco y se extendió el jugo obtenido sobre las ampollas, dándose un ligero masaje.

Con el estómago lleno, y sintiendo un gran alivio en sus manos, se tumbó a descansar, y a los pocos segundos se quedó dormida.

Cuando se despertó, echó una mirada a su alrededor y vio que todo estaba tal y como lo había dejado, incluida la piel secándose al sol. Había soñado que se despertaba y que descubría que un animal se había llevado la piel de la liebre y se despertó sobresaltada. Por suerte, sólo había sido un mal sueño. Era difícil que algún animal se acercase, el fuego era siempre una señal de presencia humana y, para los mamíferos del bosque, era razón suficiente para no aparecer por allí.

Sol se desperezó y se sintió fortalecida. Se miró las palmas de las manos y vio que estaban mejorando visiblemente, además ya no le escocían.

Se sentó cómodamente en el suelo, y se puso a trabajar con el material que había cogido para hacer cuerdas.

Al cabo de unas horas, y a punto de ponerse el sol, decidió que ya era el momento de partir.

Había confeccionado un buen puñado de cuerdas que metió, menos la más larga, con cuidado en su bolsa.

Apagó el fuego y guardó el cuenco de

metal y el cuchillo en la bolsa. Después cogió la piel ya seca y se acercó al riachuelo. Bebió hasta hartarse y después dio la vuelta a la piel de liebre y la llenó de agua, la ató fuertemente con la cuerda larga y se la sujetó también al cinturón. No era mucha, tendría que ir racionándosela durante el camino. Pero, habría otros riachuelos en el bosque, y había oído hablar del río cercano a la Montaña del Cielo, aunque aún le quedaba mucho camino hasta llegar allí.

Cogió unas cuantas hojas frescas y nuevas de las plantas que había utilizado, las lavó y las colocó con sumo cuidado en la bolsa para que no se aplastasen, y se la sujetó a la cintura. Miró a su alrededor para asegurarse de que no se dejaba nada, e inició el camino con más energía que antes y con una nueva ilusión. La Montaña del Cielo la estaba esperando. Ese era su destino. Aún no sabía por qué pero, desde el instante en que Jon le dijo, sin un ápice de duda, que debía dirigirse hacia allí, ella tuvo la certeza de que ése era el lugar adonde debía ir. Pero, ¿por qué a la Montaña del Cielo? ¿Qué había allí que la atraía como un imán? ¿Acaso Jon lo sabía? Sólo había una manera de averiguarlo y era ir, dejarse llevar por esa extraña atracción, y descubrir al fin aquello a lo que Sol sabía estaba destinada desde pequeña. Ella había nacido en las peores circunstancias posibles, en una aldea con una tribu que no aceptaba que los primogénitos fuesen hembras; poniendo en peligro su vida y la de las dos personas que más la querían. Por alguna razón, los dioses le habían perdonado la vida, le habían dado la oportunidad de vivir, incluso en el último instante de peligro, había aparecido Jon fortuitamente y le había ayudado a salvar, ¡otra vez!, su vida. Sol pensaba que había llegado el momento de descubrir esa razón, y no pararía hasta dar con ella.

Se sentía optimista, mucho más ahora que iniciaba su camino con el estómago lleno, un éxito como cazadora, otro como cocinera, otro como sanadora y otro como tejedora de cuerdas. Se sentía renovada, fortalecida, y se dio cuenta de que en adelante tendría que trabajar mucho y utilizar aún mucho más su imaginación, pero pensó que Veva y Uma tenían razón: debía confiar en sí misma y luchar y estar convencida de su propio éxito. Así lograría sus propósitos. Pensó que no lo había hecho nada mal para ser el primer día, ¡ella misma se sorprendió de la rapidez en recordar y hacer lo que había aprendido de Uma y Veva! ¡Y había sido capaz!

—¡Por supuesto que eres capaz! ¡Tú eres capaz de todo! ¡Basta con que te lo propongas! —gritó, y nuevamente sintió que era Uma quien se lo decía.

Lejos de allí, en la aldea, Uma sonrió mirando al cielo, al tiempo que sus ojos se llenaban de lágrimas.

—¿Qué te ocurre, Uma? Tus ojos están llenos de lágrimas, pero tu rostro refleja felicidad y sosiego.

—Todo marcha bien, Veva.

—...

—Sol está a salvo y camina con éxito —dijo Uma y sus ojos brillaron de dicha y felicidad.

4

Fue pasando el tiempo, y el pelo de Sol iba creciendo lacio y hermoso, como el de Uma.

Los primeros días, Sol estaba ansiosa por llegar cuanto antes a la Montaña del Cielo pero, según transcurría el tiempo, descubrió lo que era vivir sola, en un mundo fascinante lleno de paz y de intensa unión con la naturaleza. Y ello la llevó a tomárselo con mucha más calma, tanta, que el tiempo iba pasando, mientras ella disfrutaba con su nueva vida.

Sol fue descubriendo lugares nuevos y maravillosos en los que detenerse, y allí se quedaba unos días, hasta que se cansaba y volvía a iniciar su camino, siempre hacia la Montaña del Cielo, pero sin ninguna prisa. Sol pensaba que allí, en la Montaña, encontraría su destino, pero ahora, durante el tiempo que vivía en el bosque, se estaba encontrando a sí misma, y ésa era una nueva sensación para ella. Estaba descubriendo de lo que era capaz, y se sentía orgullosa de cómo estaba consiguiendo sobrevivir sola, con la única ayuda del bosque y sus seres vivos.

Lejos quedaba el primer día en el que cazó su primera liebre e hizo su primer fuego sola, sin ayuda de Uma y Veva.

Ahora era muy distinto. Sol era capaz de cazar cualquier mamífero del bosque, con un golpe rápido y certero. Conocía los sonidos, las huellas, los excrementos y las madrigueras de los animales. Sabía si un animal había pasado por un lugar mediante la observación de sus huellas —que reconocía al instante—, o al percatarse de cualquier resto de pelos o plumas enganchados en una rama, o al descubrir las señales dejadas en un tronco tras haber frotado su cuerpo en éste el animal.

Conocía el comportamiento de los animales del bosque. Sabía incluso que los conejos y algunos roedores dejan normalmente sus excrementos en el mismo sitio, y que las liebres y los jabalíes los dejan sobre la marcha, y que el zorro los deja en lugares determinados para marcar el territorio. También reconocía las madrigueras y sabía, por restos de comida y huellas, si estaban habitadas o no. Descubría e inspeccionaba las sendas y los refugios que utilizaban algunos animales para moverse libremente sin ser vistos.

Sol construía sus propias trampas. Seguía cazando con su tirachinas y también lo hacía con la mano. Había descubierto un montón de trucos por sí misma, utilizando su inteligencia y su imaginación. Para hacer salir a los animales de su madriguera, tapaba todos los agujeros menos dos, en uno hacía un fuego y así con el humo obligaba al animal a salir por el otro, y entonces lo atrapaba con la mano.

Todo esto lo fue aprendiendo sola.

Sol se fue proveyendo de un montón de cosas procedentes de los animales que cazaba, las plantas y los árboles. Y todo lo utilizaba con una gran habilidad. Había aprendido mucho de Uma y Veva, y poco a poco fue adquiriendo soltura en las labores de supervivencia.

Sol amaba la naturaleza y cuidaba de

ella. Sólo utilizaba aquello que necesitaba para sobrevivir. Conocía y admiraba la gran variedad de árboles, sus hojas, sus flores y sus frutos. Cedros, abetos blancos, tuyas, nogales con sus deliciosas nueces, castaños, los saúcos negros con sus flores aromáticas y sus sabrosas bayas, espinos, álamos, acebos, robles, encinas, avellanos, y los arbustos y árboles frutales cuyos frutos eran la delicia de su paladar, especialmente las moras, grosellas y cerezas.

También disfrutaba buscando plantas comestibles. Muchas ya las conocía por Veva y otras las fue descubriendo, ¡aunque algunas de ellas le dieron un buen susto! El lirio de los valles y la hierba mora, con sus frutos parecidos a los arándanos y a las grosellas, fueron un auténtico peligro para Sol. Pero, afortunadamente, siempre se quedó en susto. Al iniciarse los primeros mareos y vómitos, Sol se cocía rápidamente raíz de violeta y se lo bebía, y lentamente se iba recuperando.

Sol había desarrollado un sistema de defensas que la hacía inmune a muchos peligros. Estaba fuerte, se alimentaba muy bien y era una auténtica experta en la preparación y conservación de los alimentos. Sabía preparar sopas, infusiones y jugos con las plantas que conocía. Ya sabía cuales eran venenosas y cuales no.

Era capaz de ahumar y deshidratar la carne por medio del fuego y del calor del sol, para así transportarla sin peligro de que se pudriese. También comía lagartijas, caracoles, huevos de aves y culebras. Sol sabía por Veva de la importancia de la variedad de alimentos para mantenerse fuerte y sana, y fue descubriendo alimentos nuevos que la naturaleza le ponía a su alcance.

Con pequeños huesos de animales había hecho, con ayuda del cuchillo, agujas para coser y ya había confeccionado un nuevo vestido y un nuevo calzado con pieles de animales y cuerdas, que hicieron las veces de hilo. Uma le había enseñado a curtir la piel: se limpiaba, se dejaba dos días en remojo, se volvía de nuevo a limpiar rascando toda la superficie, se secaba, se cubría con la grasa del propio animal y se volvía a dejar secar a la sombra.

Sol mantenía la mente ocupada en todo momento. Se sentía satisfecha de sí misma y no dudaba de su capacidad para hacer cualquier cosa que se propusiera. A menudo pensaba en Uma y Veva y en lo orgullosas que se sentirían si la viesen cazar, cocinar, coser...

Por las noches, habitualmente encontraba refugio en las rocas. Cuando hallaba un buen agujero donde resguardarse, primero miraba si había víboras o algún animal peligroso, y luego tapaba la entrada con piedras —siempre cuidando de levantarlas con un palo antes de cogerlas por si había escorpiones—, dejando un hueco para entrar y salir.

Con el tiempo, Sol decidió hacerse un saco para dormir. Utilizó plumas de aves que metió en el saco hecho con pieles de animales. Le costó varios días de trabajo el conseguirlo, pero al final lo logró.

Un día, su obsesión por probarse a sí misma llegó al punto de intentar hacer su propia vivienda.

Empezó una mañana en la que se despertó con la idea en la cabeza, y decidió intentarlo.

Aprovechando un tronco de árbol que le serviría como soporte, elaboró el tipo de refugio que algunos miembros varones de su tribu construían para que los niños y niñas pudiesen jugar.

Acumuló suficientes piedras como para formar un muro circular alrededor del tronco. Después buscó troncos delgados que sirviesen de travesaños y que se apoyasen arriba, directamente en el tronco, y abajo, sobre el muro circular de piedras.

Una vez acabado el trabajo, sólo había que esperar a tener las suficientes pieles para recubrirlo.

Tras varios días, la vivienda estaba lista para ser utilizada. La primera noche que Sol pasó en ella, le costó conciliar el sueño de la propia emoción. ¡Se sentía feliz! ¡Había construido su primera casa! Pensó en lo que dirían los hombres de la aldea si pudiesen ver lo que había hecho sola, y sonrió para sus adentros. «Jon sí estaría orgulloso», pensó, y con ese pensamiento se durmió.

Sol sabía que tenía que dejar algunas de esas cosas que había hecho y de las que se sentía tan orgullosa, como el saco de dormir y el refugio que había construido.

Pero no le importaba. Siempre le daba pena, pero sabía que no podía llevar una carga pesada sobre su cuerpo, ¡y menos una vivienda! Así que lo aceptaba y esperaba encontrarse con ellas a la vuelta, cuando regresase. Por eso, cuando se iba, guardaba sus «tesoros» en los agujeros de las rocas que le servían de refugio temporal, esperando recuperarlas algún día.

Y así, nuevamente, iniciaba su andadura hacia la Montaña del Cielo, deseosa de encontrar en el camino nuevos y bellos lugares donde pasar unos días, donde gozar de la naturaleza y sus criaturas, y donde disfrutar de su propia existencia sintiéndose una con la naturaleza, fundiéndose con ella, dejándose fluir como el agua.

Cada día que pasaba estaba más cerca de la Montaña del Cielo, y esa proximidad le daba aún más fuerzas y más energía para seguir. Pero quería hacerlo poco a poco, sin prisas, disfrutando de la vida, de su vida, y saboreando cada instante. Presentía que no todo iba a ser tan hermoso como hasta ahora. Había oído hablar de la Montaña y de los habitantes de la aldea cercana. Sabía que no eran cordiales, eran más bien brutos y un poco salva-

jes; y siendo ella una hembra... Sol se revolvió el pelo la primera vez que pensó en esto, pero decidió no cortárselo. Estaba orgullosa de su cabello y, como decían Uma y Veva, no debía avergonzarse de lo que era y, por supuesto, no debía temer a nada ni a nadie. Si lograba hacerle frente al miedo y confiaba en sí misma, conseguiría salir airosa de cualquier situación.

Sol se había convertido en una experta en plantas de todo tipo. Sabía reconocerlas y diferenciarlas. Casi todo lo había aprendido de Veva que, como curandera, le enseñó su oficio desde muy pequeña, pensando en que un día Sol necesitaría de esos conocimientos pero el resto lo aprendió ella sola, investigando y probando, hasta saber distinguirlas por su aspecto y por sus propiedades.

Sol había creado su propio almacén de plantas. Cogía hojas, flores, frutos, tallos, brotes y raíces, que guardaba por separado en pequeños sacos, para no mezclar olores ni sabores, y para tenerlas a mano en cualquier momento de necesidad.

Se confeccionó una bolsa más grande que la que Jon le entregó el día que se fue de la aldea, para así poder llevar más cosas, entre ellas los saquitos de hierbas.

Durante todo ese tiempo, Sol pasó por momentos de malestares y dolencias, pero siempre había logrado curarse sola. Creía en las palabras de Veva: ella era una persona sana por naturaleza y ella misma era capaz de curarse cualquier enfermedad. Sólo necesitaba las hierbas adecuadas y una mentalidad positiva y de convencimiento absoluto de la propia autocuración. Y esto último era, para Veva y ahora también para Sol, lo más importante.

Sol había superado dolores de cabeza con adelfilla; toses persistentes con hojas de drosera y raíces de pimpinela negra; golpes, heridas y magulladuras con caléndula y árnica; algún que otro resfriado con violeta...

Transcurría el tiempo, y Sol ya empezaba a ansiar el momento de llegar a la Montaña del Cielo. Sus paradas eran mucho más cortas. Seguía disfrutando de la naturaleza pero, al irse acercando a su destino, se fue impacientando.

Aunque nunca le volvió a faltar agua —siempre se había topado con manantiales y riachuelos—, Sol deseaba llegar al río cercano a la Montaña del Cielo y cuando lo divisó a lo lejos, sintió una emoción como jamás se hubiese imaginado.

Cuando le quedaban pocos metros, Sol corrió entusiasmada, se despojó de sus ropas y se zambulló en el río eufórica y feliz.

Sol se quedó unos días en el lugar, rodeada de fresnos, y ensimismada con el sonido del agua, sintiendo su fluir, dejándose llevar por la corriente...

Durante todo ese tiempo, se alimentó de peces del río. Uma le había explicado una vez que el amanecer y el anochecer eran los mejores momentos para pescar, así como las noches de luna llena. Los hombres de la aldea realizaban viajes al río y, con grandes redes, pescaban enormes cantidades de peces que luego había que conservar para varios días, ¡aunque, eso sí, el primer día gozaban comiendo pescado fresco!

El primer pez que pescó fue a mano. Uma le había enseñado cómo se hacía: se acercó despacio a una zona de piedras, en aguas poco profundas, y empezó a buscar con la mano por los huecos de las piedras más grandes. Cuando su mano rozó el cuerpo de un pez, lo acarició y lo fue arrinconando hacia la piedra, hasta que lo aprisionó y lo sacó con las dos manos.

Sol limpió el pez, le cortó la cabeza —que le sirvió para hacerse una sopa—, y se asó el resto del cuerpo. A Sol nunca le había entusiasmado el pescado pero, esa vez, ¡le supo mejor que en toda su vida!

Después de comer y de dormir un rato, Sol se puso a fabricar su propia caña de pescar. Utilizó una espina del pez que había pescado como anzuelo y, como sedal, echó mano de sus cuerdas.

Aunque estaba sin hambre y con el estómago satisfecho, decidió probar suerte con su caña.

Removiendo la tierra húmeda, buscó alguna lombriz y, cuando la encontró, la clavó en el anzuelo.

Como hacía bastante calor, Sol buscó las zonas donde había sombra, segura de que los peces irían en busca de aguas más frescas —eso también se lo había enseñado Uma—, y echó la caña a la espera de que algún pez picase.

Estuvo un rato esperando hasta que notó un tironcito. Sol aguantó firmemente la cuerda para que no se le escapase de las manos, y la sacó con un pez en el anzuelo. ¡Fue fantástico!

En las aguas del río, y después de tanto tiempo desde que dejase su aldea, Sol pudo verse reflejada y su primera impresión fue de asombro. Con el cabello más largo, vio que se parecía enormemente a su madre y que, aunque su cuerpo aún no era de mujer, su rostro y su pelo delataban que era una hembra. Una hembra hermosa, como Uma. Sol sonrió y, por primera vez, se alegró de verdad de haber nacido niña y de parecerse tanto a la persona que más quería en el mundo.

5

Después de varios días, Sol reanudó la marcha y, tras un largo trecho, tuvo al fin ante sus ojos el gran valle sobre el que se alzaba la Montaña del Cielo, ahora mucho más majestuosa y misteriosa que cuando la divisaba a lo lejos. En aquel valle entre macizos, en los que resaltaba la Montaña del Cielo sobresaliendo del resto, estaba situada la aldea de la que Sol había oído hablar. Instintivamente se tocó el pelo. Le tapaba el cuello y, recordándose tal y como se vio en las aguas del río, no pudo evitar un cierto temor, aunque eso no le impidió seguir avanzando. Pero, en el camino, Sol sufrió un desafortunado accidente...

Una de las primeras cosas que Uma le

enseñó a su hija, era a diferenciar una víbora de una simple culebra, y lo hizo un día en que Jon había cazado una de cada para podérselo mostrar. Sol vio la diferencia en sus cabezas, la de la víbora era triangular y la de la culebra ovalada; los ojos también eran distintos, las pupilas de la víbora formaban una franja vertical y las de la culebra eran redondas; además la víbora tenía el hocico hacia arriba. Sol las veía retorcerse en las jaulas y sentía auténtica repugnancia. Sin embargo, su estómago no hacía ascos a dichos reptiles. Su madre hacía un guiso de culebra riquísimo; y Sol, en su largo viaje hacia la Montaña del Cielo, cazó varias culebras y las cocinó con éxito.

Sol no temía a las víboras; sabía que estos reptiles sólo atacan si se ven perseguidos. No obstante, en el camino hacia la aldea del valle, Sol pisó casualmente una víbora, y ésta, sintiéndose agredida, atacó para defenderse, introduciendo su veneno en la pierna de Sol.

Sol, que se dio cuenta al instante, lanzó un grito de terror. Se sentó rápidamente en el suelo y, con su cuchillo, se hizo un corte en la herida, apretando fuerte para que saliese el veneno junto con la sangre. Tan fuerte era el dolor que empezó a marearse. Sol era consciente de que tenía que terminar el trabajo, si no podría morir. Cuando salió el veneno, se hizo un torniquete, machacó unas hojas de perejil en el cuenco con la mayor rapidez que pudo, y se extendió el jugo obtenido sobre la herida. Después quiso levantarse para hacer un fuego y prepararse una infusión de raíces de violeta, pero el mareo se fue apoderando de ella, hasta que se quedó inconsciente en el suelo, lívida y encharcada en sudor.

Cuando Sol se despertó, se encontraba tumbada en un lecho, y lo primero que vio al abrir los ojos, fue la cara de un muchacho joven, aproximadamente de la misma edad que ella, que la miraba expectante.

—¡Madre! —gritó el chico de pronto—. ¡Ya abre los ojos!

Al instante apareció una mujer que, sonriente, se unió a su hijo.

—¡Hola! ¿Quién eres? —le preguntó el muchacho.

—¡Espera, no seas impaciente! —le increpó su madre—. ¡Dejémosla que reaccione! ¡No ves lo asustada que está!

Sol temblaba y con los ojos desorbitados miraba atemorizada a aquellas dos personas.

—Trae la bebida, Labán —dijo la madre a su hijo.

El muchacho le entregó a su madre una taza, y ésta se la acercó a Sol.

—Bebe, pequeña.

Sol se incorporó con un gran esfuerzo y, antes de beber, comenzó a hablar:

—¿Dón... dónde estoy? ¿Quiénes sois? ¿Cuánto tiempo llevo aquí? Tengo que irme. La Montaña... —empezó a balbucir, intentando levantarse del lecho.

—¡Eh, eh, jovencita! —dijo la mujer, empujándola suavemente de nuevo sobre lecho—. ¡Tú no te mueves de aquí hasta que yo te lo diga!

Sol se tumbó nuevamente, cerrando los ojos para calmar el mareo repentino que le había producido el esfuerzo de querer levantarse.

—Yo soy Agar —dijo la mujer— y él —dijo señalando al muchacho— es mi hijo Labán.

—Yo... yo soy Sol.

—¡Sol! —exclamó Labán—. ¡Qué idea poner un nombre así!

Sol frunció el ceño. Aquel muchacho no le pareció nada simpático.

—Es un nombre precioso —dijo Agar—. Lo que ocurre es que para nosotros es poco... usual. Vamos, bebe ahora. Te reconfortará. —Y le acercó la taza a los labios.

—¿Qué es? —preguntó Sol.

—Es una infusión que te hará bien.

—Una infusión, ¿de qué?

—De saúco y valeriana para tranquili-zarte, ¡aún no has dejado de temblar, muchacha!

Sol bebió y se sintió mejor al notar el líquido caliente en su cuerpo. Se sentía destemplada y se tapó con la manta.

—¿Por qué estoy aquí? —volvió a preguntar.

—Labán te encontró cuando paseaba por el valle. Me vino a avisar y entre los dos te trajimos a casa.

—Me desmayé...

—Has estado muy enferma. Ya vimos que te había picado una víbora. Estuviste mucho tiempo delirando, con fiebre y con espasmos. Hoy estás mucho mejor, ya ves que al fin puedes hablar, pero todavía estás convaleciente y con un poco de fiebre aún. Tienes que continuar en cama unos días más. Te voy a preparar una infusión de escaramujo, te vendrá bien para la fiebre y para fortalecerte.

—Os agradezco todo lo que habéis hecho por mí —les dijo Sol—. Si no hubiese sido por vosotros...

—¡Oh, habrías sobrevivido de igual manera! He visto tu torniquete e hiciste un buen trabajo. Además, ¡eres muy fuerte! En seguida has dado muestras de recuperación, y tu cuerpo está fuerte y musculoso. ¿Dónde te has fortalecido de esa manera, chiquilla?

—Es una larga historia...

—¡No tenemos ninguna prisa! —exclamó Labán.

—¿Cuánto tiempo llevo aquí? —preguntó Sol.

—Tres días.

—¡Tres días!

—¿Te parece mucho? ¡Otro en tu lugar hubiera estado mucho más tiempo, eso si hubiese conseguido sobrevivir! —dijo Agar—. Habrá tiempo para que nos hables de ti, Sol. Pero, dime, ¿hacia dónde te dirigías?

—Hacia la Montaña del Cielo.

Agar puso un gesto de sorpresa.

—Y..., ¿qué esperas encontrar allí? —le preguntó.

—Mi destino.

Agar y Labán se miraron perplejos.

—¿Tu destino? —preguntó Agar.

—Sí. La Montaña del Cielo me está esperando. Allí encontraré lo que busco.

—¿Quién te ha hablado de ella? —volvió a preguntar Agar.

—Un amigo.

—¿Un amigo?

—No le conocéis, claro.

—¿Cuál es su nombre?

—Jon.

—Jon... —De pronto Agar palideció—. ¿Perteneces tú a su tribu?

—Sí. ¿Acaso le conoces? —preguntó Sol extrañada.

—Sí, le conozco.

—¿Cómo es posible?

—Algunas veces, cuando tu tribu va a pescar, Jon viene a hacernos una visita. Mucha gente de la aldea le conoce. Es un gran hombre... Y, ¿por qué te habló Jon de la Montaña?

—Él fue quién me dijo que viniera, que fuera en busca de la Montaña del Cielo, que allí encontraría mi destino.

—Pero..., tú... ¡Dios mío! —Agar se puso las manos en la boca. Labán miró a su madre extrañado, viendo cómo ésta pasaba del asombro a la sonrisa con lágrimas en sus ojos.

—¿Qué ocurre, madre?

—Nada —dijo secándose las lágrimas—. Vamos, sigue bebiendo, Sol. ¡Aún tienes mucho que hacer y deberás estar fuerte!

Habían pasado varios días, y Sol se encontraba como en su propia casa. Agar y Labán la trataban como si fuera de la familia; eran cariñosos y muy generosos con ella. Sol les había contado la aventura de su aún corta vida, y madre e hijo estaban impresionados por la manera en que Sol había sobrevivido.

Sol acompañaba a Agar y a Labán cuando salían de casa y de esa manera, Sol fue conociendo a los habitantes de la aldea.

Sol estaba impresionada y maravillada: ¡aquella tribu era extraordinaria! ¡Y tan distinta a la suya! La gente era amable y muy educada, y además sus leyes eran diferentes a las que ella conocía. Allí no existía la ley del primogénito varón, ni muchas otras.

Pero había algo que sorprendía aún más a Sol, y era el desarrollo de la tribu. Estaban mucho más avanzados que en la tribu de donde ella venía. Las viviendas eran más amplias y estaban construidas con materiales más resistentes. Desarrollaban los trabajos con técnicas y materiales infinitamente más modernos. Incluso existía una casa, que ellos llamaban «escuela», en donde un montón de niños y niñas aprendían a dibujar extraños signos en láminas que extraían de los árboles, con plumas de aves impregnadas en líquidos de colores que ellos mismos elaboraban.

Otra de las cosas que sorprendían a Sol de esa nueva tribu, era el hecho de que no creyeran en los dioses en los que ella creía.

Sol se dio cuenta de que el mundo no se acababa en su lejana aldea y sus alrededores, sino que lejos de allí existía un mundo diferente y hermoso por descubrir.

A menudo, Sol conversaba con Labán. El hijo de Agar era un muchacho estupendo que en seguida se ganó el cariño de Sol...

—No sabes cuánto te voy a echar de menos cuando te vayas, Sol —le dijo un día Labán.

—Yo también —dijo Sol cogiéndole las manos—. Tu madre y tú sois como mi segunda familia. Pero ya sabes que debo ir a la Montaña del Cielo, y luego debo regresar a mi aldea, con mi madre.

—Deberías quedarte con nosotros y traer aquí a tu madre.

—¡Oh, eso no podría ser! Ella ama su tierra. Allí está enterrado mi padre, y mi madre no quiere separarse de él.

—Aquí también está enterrado mi padre y a mi no me importaría irme a otro lugar. El irme no significa que le abandone. Yo le llevo en mi corazón. Y eso es lo que importa.

—¿Por qué no venís...? —empezó a decir Sol, pero rápidamente se cortó.

—¿Qué ibas a decir?

—Nada. Olvídalo.

—¡No, dímelo! —insistió Labán.

—Iba a decirte que por qué no venís conmigo tú y tu madre a mi aldea, para vivir allí con nosotros. Pero... es mejor que no.

—¿Por qué?

—Porque mi tribu es mucho peor que la vuestra. Estamos mucho más atrasados y algunas de nuestras leyes son duras e injustas. No son malas personas, pero ¡son estúpidos y mentirosos!

—¡No debes hablar así de tu gente! —la reprendió Agar, que trabajaba en la cocina mientras ellos conversaban.

—¡Pero es verdad, Agar! ¡Son unos mentirosos! Ellos dicen que vosotros sois unos salvajes, que vuestros modales son bárbaros, y no dejan que la gente se acerque a vuestra aldea. ¡No sé cómo se atrevió a venir Jon!

—Jon es un hombre valiente. Además... necesitaba venir. Pero esa es otra historia que ya te contaré —dijo Agar—. No debes tener en cuenta lo que dicen en tu tribu sobre nosotros. Eso no es porque sean mentirosos, aunque es verdad que mienten, sino porque son ignorantes. Desprecian lo que no conocen. Desprecian y temen. Algún día todo cambiará.

—¿Crees de verdad que todo va a cambiar, Agar?

—Ahora, sí.

—¿Ahora?

—Desde que has aparecido en nuestras vidas, sé que todo va a cambiar, Sol.

—Te refieres a mi destino, ¿verdad?

—Sí.

—¿Cuándo me vas a contar eso tan importante que dices siempre que me contarás?

—Pronto. Antes de que partas para la Montaña del Cielo, te lo contaré todo.

—¿Por qué no ahora?

—Antes debes fortalecer tu cuerpo y tu alma. Ya has demostrado que eres capaz de sobrevivir sola. Ahora debes enriquecer tu mente y tu espíritu. Deberás aprender todo lo que nosotros sabemos. Aprenderás a leer y a escribir; nuestros métodos de trabajo; conocerás a fondo y aprenderás a respetar nuestra religión, y podrás leer y comprender El Libro Sagrado.

—Pero, en El Libro Sagrado sólo se habla de vuestro dios...

—El Libro Sagrado no sólo habla de Dios. También habla de los hombres. Con él aprenderás y descubrirás el porqué de muchas cosas.

—¿Por qué tengo que aprender todo eso que dices, Agar?

—Porque todo te va a hacer falta.

—¿Cuándo y dónde?

—En tu aldea, cuando regreses.

6

Sol se integró rápidamente en la vida de la aldea. Aprendió todo aquello que Agar le pedía a los hombres y mujeres de la tribu que le enseñasen, y éstos lo hacían encantados y deseosos de que Sol lo aprendiera con rapidez. Sol ayudaba en los trabajos más duros que realizaban los hombres, y ellos se quedaban estupefactos de lo fuerte que era. Las mujeres de la tribu también trabajaban duramente junto con los hombres. Lo que más le agradaba a Sol era que en aquella aldea no se hacían distinciones entre hombres y mujeres a la hora del trabajo, y tan pronto veías a una mujer ayudando a construir una vivienda, como a un hombre cocinando y dando de comer a su hijo.

Sol pensaba que esa igualdad era maravillosa, y que debido a ella todos se compenetraban tanto y se ayudaban y comprendían unos a otros. No se imaginaba una convivencia así en su propia tribu. Quizás algún día cambiase todo, como había dicho Agar, pero a Sol le parecía algo difícil de lograr.

Aquello con lo que Sol disfrutó más, fue con el aprendizaje de la escritura y lectura de los signos. Pronto se atrevió a leer pequeñas frases de El Libro Sagrado y, cuando fue capaz de hacerlo, se abrió ante ella el más grande y fabuloso mundo que jamás hubiese soñado. ¡Aquello era como magia!

Labán ayudaba a Sol a avanzar con la lectura cuando salían de la escuela y regresaban a casa. Allí practicaba con él y con Agar, y rápidamente se empezaron a ver los frutos. En unos días, Sol sabía leer y escribir correctamente y había empezado a leer El Libro Sagrado por sí misma y sin ayuda de nadie. Pronto descubrió los nombres de Agar y de Labán y de muchos otros habitantes de la tribu, en el libro, y se lo hizo saber a sus amigos:

—Hoy he sabido quién fue Agar y quién fue Labán. He leído la historia de Abraham y de su familia, y me parece una historia fascinante.

—La historia de la humanidad es fascinante. El Libro Sagrado sólo es una parte de ella.

—¿Tú la conoces, Agar?

—¿El qué?

—La historia de la humanidad.

—No, aunque he oído cosas...

—¡Me gustaría saberlo todo, conocer esa historia! ¿Cómo puedo conseguirlo, Agar? —preguntó Sol, mientras Labán seguía entusiasmado el interés de la muchacha.

—Está en los libros.

—¿Qué libros?

—Libros en los que se narra la historia.

—Y... ¿dónde están esos libros?

Agar suspiró y, dejando el trabajo que tenía entre manos, se sentó frente a Sol y cogiendo sus manos entre las suyas, la miró como jamás lo había hecho. Labán se dio cuenta de que había llegado el momento y se fue hacia la puerta.

—No te vayas, hijo —dijo Agar—. Quiero que te quedes y escuches. Es importante que tú también lo sepas.

—¿Por qué, madre?

—Porque... bueno, estaba pensando en el futuro, ¡cosas mías! —dijo, con una sonrisa en los labios—. Ahora, Sol, quiero que me escuches atentamente. Creo que ha llegado la hora de pensar en partir hacia la Montaña del Cielo y, tal y como te dije, voy a contarte todo lo que debes saber.

Labán se sentó al lado de Sol, y juntos escucharon aquello que Agar les empezó a contar...

—Hay una ley inquebrantable para todas las tribus que habitan en este territorio —comenzó a contar Agar—. Todos, absolutamente todos, aunque unos más alejados que otros, formamos parte de la tierra que rodea la Montaña del Cielo: vuestra tribu, la nuestra, y otras que algún día puede que descubráis vosotros, los más jóvenes. Y espero que así sea. Al menos, eso es lo que esperamos Jon y yo, y muchas otras personas.

—¿Qué es lo que esperáis exactamente? —preguntó Sol.

—Que se unan todas las aldeas y que juntos luchemos por volver a ser lo que un día fuimos, pero mejor aún, porque al fin hemos aprendido que se puede volver a destruir todo si no cambiamos muchas cosas. Y podemos conseguirlo.

—¿Cuál es esa ley de la que hablas? —preguntó Sol.

—La ley inquebrantable... Esa ley dice que aquél que logre subir a la cima de la Montaña del Cielo y consiga regresar con el Gran Libro de la Sabiduría, será, por derecho propio, jefe supremo de todas las tribus de este territorio.

—¿El Gran Libro de la Sabiduría?

—En la ladera de la Montaña, habita un hombre sabio que posee cientos de libros. Nadie sabe cómo llegaron hasta allí ni por qué los tiene él en su poder, pero el caso es que, las pocas personas que han logrado entrar en la cueva donde habita, han podido confirmar que así es. Se dice que es un buen hombre y que su abuelo fue el que llegó un buen día a nuestra tribu y enseñó a sus miembros el significado de la escritura, trayendo consigo los primeros libros, y los primeros conocimientos sobre lo que fue la humanidad y cómo se destruyó por culpa del odio, del poder y de la avaricia.

El viejo sabio Isaac, así es como se llama, vive en su cueva desde hace muchos años, ¡ya debe de tener más de cien! ¡Incluso puede que haya muerto!

—¿Y de qué se alimenta?

—De lo que encuentra. Ha sabido sobrevivir todo este tiempo, y no creo que ahora le haga falta nada para seguir haciéndolo.

—¿Él es quien tiene el Gran Libro de la Sabiduría?

—Él es quien lo llevó a la cima de la Montaña, escondiéndolo en un lugar que nadie conoce.

—Pero..., ¡no me explico cómo nadie ha podido conseguir el libro! ¡Hay maneras, y no muy delicadas, que más de un desalmado utilizaría para hacer hablar a ese pobre viejo!

—Sí, si pudieran verle. Pero nadie ha logrado ver a Isaac. Sólo han hallado su cueva y sus libros, pero ni rastro de él. Es un hombre astuto y sabe escabullirse fácilmente. No se ha dejado ver por ningún ser humano. Jamás. Se sabe que está vivo por el fuego y la comida que hallan en su cueva, pero nada más.

—¿Y nadie ha subido a la cima y ha intentado buscar el escondite del libro?

—¡Por supuesto que sí! Pero todo ha sido inútil. Ahora ya a nadie le interesa el Gran Libro de la Sabiduría. De vez en cuando, surge algún que otro intrépido buscador pero, en la mayoría de los casos, ni siquiera regresa. No es fácil sobrevivir en la montaña. Sólo unos pocos pueden hacerlo... —dijo Agar con una sonrisa pícara.

—¿Y Jon? ¿Qué papel tiene en esta historia?

—Jon es un hombre con ideas nuevas. Él se aventuró a venir a nuestra aldea y descubrió una vida diferente a la suya, a la vuestra. Diferente y mejor. Jon nos hablaba a menudo de vuestra tribu, de vuestro jefe duro e intolerante, y de vuestras absurdas e injustas leyes.

—Jon... —murmuró Sol, sintiendo que estaba descubriendo por primera vez a ese gran hombre, a ese hombre que de muy pequeña incluso había aborrecido porque se acercaba demasiado a su madre.

—Cada vez que Jon viene, él y yo —siguió Agar—, junto con otra gente de la aldea, nos reunimos en mi casa para hablar sobre el futuro de nuestra tierra y de nuestras aldeas. Juntos pensamos que la única razón de que el sabio Isaac no permita que le vean, es porque aún no ha subido a la Montaña la persona que habrá de cambiar el rumbo de la historia.

—Puede que Jon sea esa persona.

—No, él no es.

—¿Cómo lo sabes?

—Porque él ya lo ha intentado.

—¿Ha subido a la cima de la Montaña?

—No. Subió hasta la cueva de Isaac, pero al no aparecer el viejo sabio, regresó seguro de que él no era la persona elegida.

Jon dijo en una ocasión que presentía que iba a ser él el que iba a encontrar a esa persona y que, el día en que la tuviese ante él, no lo iba a dudar ni un instante.

—Y... ¿dijo qué le iba a decir a esa persona cuando la encontrara? —preguntó Sol sintiendo que el corazón le empezaba a latir con fuerza.

Agar hizo una pausa y acarició con ternura las mejillas de Sol.

—Jon dijo que el día que tuviese a esa persona frente a él, le iba a decir que se dirigiese a la Montaña del Cielo, que allí hallaría su destino.

Sol sintió un fuerte impacto. Se tapó el rostro con sus manos y empezó a llorar.

—¡No llores, Sol! —la animó Labán—. ¡Es maravilloso! ¡Eres tú! ¡Tú eres la persona elegida!

Sol se secó las lágrimas y les miró fijamente.

—Pero... yo... no me siento capaz de hacer algo así.

—¡¿Cómo que no eres capaz?! —gritó Agar— ¡Tú eres capaz de hacer lo que te propongas!

Sol se acordó de Uma y sonrió.

—¡Qué diría tu madre si te oyese! —dijo Agar, como si le hubiese leído el pensamiento— ¡Y Veva! ¡Y Jon!

—¡Sólo tú puedes hacerlo! —le dijo Labán.

—Pero... no puedo ser jefe... yo soy una hembra y...

—¡Mucho mejor aún! ¡Así podrás cambiar todas esas leyes que os perjudican y os aterrorizan! ¡Es maravilloso, Sol! —gritaba Labán entusiasmado.

Sol temblaba y empezó a sentir un leve mareo.

—Labán —dijo Agar.

—Sí, madre.

—Prepara una infusión de saúco y romero, que a Sol le hace falta. Ha sufrido una fuerte impresión.

—Ahora mismo.

Llegó el día de la partida. Al alba, Sol salió de la casa, junto con Agar, Labán y otros miembros de la tribu que habían ido a despedirse de ella y a darle ánimos.

Sol agradeció los abrazos y las palabras de cariño y aprecio que recibió.

Llevaba su saco, ahora mejor cosido y

rematado por las manos de Agar, con su cuenco, su cuchillo y su tirachinas; pero ahora, además, también llevaba otras cosas que le iban a facilitar mucho más el viaje: cuerdas, herramientas, preparados de yesca para el fuego, una trampa para cazar..., y, sobre todo, comida y bebida en abundancia para varios días, así como todo tipo de hierbas y plantas que guardó en sus saquitos. La carga era un poco pesada para ella pero, poco a poco, iría aligerándola, ya que lo que más pesaba eran todos los alimentos que le había metido Agar: un montón de carne y pescado secos, queso, botes de sopas y de leche de cabra... Cuando Sol vio la bolsa y su contenido, sonrió pensando en lo distinto que hubiese sido cuando huyó de su aldea si hubiese llevado todo aquello. Pero se alegró de no haberlo llevado, porque de esa manera descubrió de lo que era capaz y aprendió lo que de otra forma jamás hubiera aprendido.

Labán, que desde que hablaron del tema había estado rogando sin éxito a su madre que le permitiera acompañar a Sol, se acercó a Sol y le dio un leve beso en la mejilla. Sol se estremeció y sintió algo que nunca anteriormente había sentido, sintió un cosquilleo por todo el cuerpo, de la cabeza a los pies y, convencida de que aquel beso le había gustado, se acercó a él y le dio un beso más fuerte aún y más largo. Cuando se separaron, Labán estaba rojo como un tomate, pero sonreía dichoso.

—Volverás, Sol —le dijo—. Sé que volverás, y entonces ya no nos separaremos nunca más. Eres la mejor amiga que he tenido en mi vida, y te voy a echar mucho de menos. Estoy seguro de que lo conseguirás.

Sol se acercó a Agar y la estrechó entre sus brazos.

—Confía en ti misma, Sol —le dijo Agar—. Ya tuviste que hacerlo en una ocasión. Ahora debes seguir tu viaje hacia tu destino. Lo conseguiremos, Sol. Y la historia cambiará. Yo no podré verlo, pero al menos podré presumir de haber tenido junto a mí a la persona que va a iniciar esta nueva era que empieza. Te estaremos esperando, hija. Suerte y que Dios te bendiga.

Sol volvió a abrazar a Agar e inició su camino hacia la Montaña del Cielo.

Al cabo de un tiempo, mientras Agar recogía leña para el fuego, un hombre se le acercó y le habló:

—¿Cuánto tiempo lleva? —le preguntó.

—Quince días —contestó Agar.

—No es poco... —dijo el hombre.

—Tampoco es mucho —dijo Agar—. No temas. Todo va bien.

Agar se acercó al hombre y le dio un fuerte y afectuoso abrazo.

—Bienvenido de nuevo, amigo mío —dijo Agar—. Vamos a casa, comerás con nosotros. Seguro que tienes cosas que contarnos.

—¡Oh, sí! —dijo él—. Y la primera es que... ¡me he casado!

—¿Cómo? ¿Que te has casado? Pero... ¡eso es fantástico! ¿Y quién es ella? —preguntó Agar.

—Se llama Uma, y es una mujer extraordinaria. Algún día la conocerás.

Agar sintió que los ojos se le llenaban de lágrimas de felicidad.

Al cabo de un rato, Labán entró en la casa.

—¡Jon! —gritó—. ¡Qué alegría tenerte con nosotros! ¡No sabes las ganas que teníamos de verte! ¡Tenemos un montón de cosas que contarte! Déjame a mí, madre. Déjame que se lo cuente yo.

Sonriendo y llenos de felicidad, Agar y Jon dejaron a Labán que iniciase el relato de todo lo que había sucedido. Y juntos, los tres, disfrutaron de una velada entrañable.

7

Sol había iniciado el ascenso a la Montaña, llena de ilusión y de esperanza. No sólo iba bien provista de alimento y materiales, sino que además se sentía renovada por dentro y por fuera. Durante la estancia en la aldea de Agar, Sol había aprendido mucho más de lo que hubiera aprendido en su propia aldea durante toda su vida. A Sol le sorprendía que hubiese tantas diferencias entre las dos aldeas cuando, aunque estuviesen tan alejadas una de otra, al fin y al cabo ambas compartían la misma tierra, la tierra de la Montaña del Cielo. Pero sin duda, esa lejanía había hecho que cada tribu se hubiese encerrado en su propio espacio, sin mirar más allá, y probablemente la tribu de Agar ahora sería como la suya si no hubiese aparecido por allí el abuelo de Isaac. Sol había descubierto que el ser humano poseía un gran poder y una gran inteligencia, sólo hacía falta que se le motivase para evolucionar adecuadamente.

Sol disfrutaba del paisaje que la rodeaba. Empezó a vivir de nuevo todo lo que había vivido en su anterior viaje hasta la aldea de Agar, pero ahora se sentía mucho más segura de sí misma.

Como en la vez anterior, Sol viajaba sin ninguna prisa, descansando allí donde le parecía que el lugar merecía una parada, y disfrutando del entorno. Hacía mucho calor, y Sol se tumbaba a la sombra de algún enebro. Disfrutaba también sentándose a descansar, apoyando su cuerpo en los imponentes troncos de las secoyas gigantes.

Sol iba racionándose la comida y la bebida, para que le durasen el mayor tiempo posible.

Ya le quedaba poco para llegar al lugar en que se suponía encontraría el refugio de Isaac.

Mientras caminaba por la ladera, vio un cervatillo a lo lejos, y Sol —que adoraba a aquellos animales—, se fue en su busca. El cervatillo corría veloz y Sol intentaba seguirlo, hasta que, corriendo detrás del animal, tropezó con un pedrusco y empezó a caer cuesta abajo, arrastrándose por las piedras, envuelta en tierra y polvo y sintiendo que su cuerpo cada vez iba cogiendo más velocidad.

Sol se agarró desesperadamente a una roca y pudo frenar la caída.

Tardó unos segundos en reaccionar, el tiempo que tardó en darse cuenta de lo que le había ocurrido, y se levantó del suelo, dispuesta a seguir el ascenso, sin darle mayor importancia a aquel percance.

De pronto, algo que caía al vacío le llamó la atención. En lo primero que pensó fue en el pobre cervatillo, pero en seguida desechó esa idea, ¡aquel animal sabía moverse por la montaña mejor que cualquier otro ser vivo sobre la tierra!

Sol vio cómo aquel bulto iba cayendo hasta que lo perdió de vista.

Rápidamente, se llevó las manos a la espalda y después buscó a su alrededor, esperando y rezando que no fuese cierto lo que estaba pensando. De pronto, un sentimiento de temor e inseguridad la invadió por completo, y todo aquello que había aprendido sobre la confianza en sí misma y su capacidad de enfrentarse a cualquier situación, parecieron desmoronarse.

Había perdido la bolsa con todo su contenido. Lo había perdido todo: la comida, la bebida, los instrumentos, las hierbas, el tirachinas... ¡todo!

Estaba sola y con las manos vacías. Sol empezó a llorar y lanzó un grito de espanto:

—¡¡¡Noooooooo!!!

De repente, Sol sintió como si la Montaña del Cielo se hubiese estremecido con ella, y se impuso un silencio absoluto. Sol miró hacia la cumbre y una voz empezó a hablarle en su interior:

—¡No puedes rendirte ahora! ¡Tu destino te espera! ¡Sigue subiendo! ¡Todo irá bien!

Sol sonrió de pronto y una sensación de bienestar hizo que reemprendiese el viaje hacia la cumbre. Pensó en las palabras

de Uma y Veva: sólo tenía que escucharse a sí misma y todo aquello que necesitase le vendría en el momento oportuno.

Sol aguantaba lo mejor que podía. Empezó a usar nuevamente sus viejos métodos de supervivencia, pero ahora con muchas más dificultades. No obstante, se alimentaba de plantas y de pequeños insectos y animales que cazaba en sus madrigueras. Pero había algo en lo que Sol no quería pensar, y que iba siendo cada vez más urgente: el agua.

Sol no había encontrado ningún manantial o fuente e intentó hidratarse con aquello que había aprendido: se comía los ojos de los animales que cazaba ya que sabía por Veva que éstos contienen agua, y también se bebía su sangre. No le hacía ascos a nada. ¡Tenía que mantenerse viva por encima de todo!

A pesar de que ella continuaba su camino decidida y llena de esperanza, empezaron a aparecer los primeros síntomas de deshidratación: prácticamente no sudaba, tenía los ojos hundidos y su lengua estaba totalmente seca y se estaba volviendo más pequeña y grisácea; respiraba de forma entrecortada, su pulso iba rápido y no podía controlar su mente, pasando de momentos de delirio a otros de sueño profundo.

De pronto, perdió el conocimiento y cayó al suelo. Una nube negra se posó sobre la Montaña del Cielo y un fuerte estruendo llenó el valle y sus alrededores.

Cuando Sol abrió los ojos, lo primero que vio fue el rostro amable de un viejecito que la miraba sonriente. Sol empezó a temblar y a moverse.

—Tranquila, tranquila —le dijo el hombre, sujetándola para que dejase de moverse—. Estás a salvo.

Sol volvió a dormirse y no se despertó hasta el día siguiente. Cuando lo hizo, ya se encontraba mucho mejor. Y de nuevo vio la cara del viejo.

—¿Qui... quién eres? —preguntó con un gran esfuerzo.

—Mi nombre es Isaac.

—¡Isaac! —susurró Sol tratando de incorporarse.

—No trates de moverte —le dijo Isaac, recostándola de nuevo en el lecho—.

Estás muy débil. Ahora, toma, bebe un poco de agua, ¡pero sólo un poco!

—¿Qué me ha pasado? No recuerdo...

—Te encontré tendida en el suelo y completamente deshidratada.

— Oh, sí... Pero... ahora estoy bien...

—¡Aún no estás bien! Pero estás mucho mejor. Llevo dos días alimentándote con pequeños sorbos de agua para que tu cuerpo se vaya acostumbrando. Eres fuerte, muchacha. Tu cuerpo ha respondido perfectamente. Otros en tu lugar...

—¿De dónde sacas el agua?

—Del subsuelo. Dispongo de un pozo, aquí en la cueva.

De repente, Sol oyó un sonido familiar:

—¡Está lloviendo!

—Sí, afortunadamente. La lluvia es buena.

—¿De verdad eres el sabio Isaac?

—El mismo.

—No me pareces tan viejo.

—Soy muy viejo. Pero mi mente y mi espíritu se mantienen jóvenes.

—Tengo mucho que aprender de ti, Isaac. Y también tengo muchas cosas que preguntarte.

—Tendrás tiempo para todo.

—¿No me vas a preguntar quién soy y por qué he venido a la Montaña del Cielo?

—No.

—¿Por qué?

—Porque no.

—Y, ¿por qué no te has escondido esta vez?

—Me has parecido inofensiva.

Sol se sentía muy agradecida a Isaac por haberle salvado la vida, y pensó que, como mínimo, debía ser sincera con él y decirle la verdad:

—Yo... me llamo Sol. Procedo de una aldea en la que hay una ley que prohibe vivir a las primogénitas hembras, y tuve que escapar de allí. Mi madre siempre ha pensado que estaba destinada a vivir y a hacer algo grande e importante, y me crió en secreto como si fuera un varón hasta que llegó el momento de marchar. Un buen amigo, Jon, me dijo que viniese a la Montaña del Cielo, que aquí encontraría mi destino. En la aldea del valle, una buena mujer y su hijo piensan que soy la persona que estaban buscando; la persona que conseguirá descubrir el Gran Libro de la Sabiduría y cambiará el rumbo de la historia.

—Y, ¿tú que piensas? —le preguntó Isaac.

—Pienso que, desde el momento en que me fui de mi aldea, supe que mi destino estaba en la Montaña. No conocía nada sobre el libro, ni sobre la ley que proclama jefe supremo al que lo encuentre, pero siempre he sabido que no podía cambiar de rumbo. Mi meta era la Montaña del Cielo. No puedo decir que lo he conseguido del todo, porque si no llega a ser por tu ayuda...

—¡Lo has conseguido! Si yo no te hubiese encontrado, el agua de la lluvia te habría salvado. A otros, es probable que no. Pero a ti, sí. Conozco esta montaña como a mi propio ser, y puedo asegurarte que tiene vida, ¡que habla y siente! Y, desde el momento en que empezaste el ascenso, he sentido cómo la Montaña se estremecía, y he sabido que al fin había llegado.

—¿Había llegado?

—Tú.

—¿Crees que yo...?

—Llevo esperándote mucho tiempo.

Hubo un silencio.

—Estoy asustada, Isaac.

—Confía en ti misma, tal y como has hecho hasta ahora. Mira dentro de ti. No temas a nada ni a nadie, porque todo irá por el buen camino. Yo te enseñaré todo aquello que debes saber y, cuando estés preparada, regresarás a tu aldea con el Gran Libro en tus manos. Y entonces iniciarás la nueva era que todos anhelamos.

Isaac cogió las manos de Sol entre las suyas, y siguieron hablando de muchas cosas: Isaac habló de su vida, Sol de la suya... Y mientras lo hacían, una bandada de pájaros apareció sobrevolando la Montaña del Cielo, anunciando la buena nueva.

—¡Lo consiguió! —gritó Uma con lágrimas de emoción y abrazada a Jon y a Veva.

Mientras, lejos de allí, Agar, Labán y los miembros de su tribu, sacaban las antorchas para llenar de luz la aldea y festejar el acontecimiento más importante de sus vidas.

8

Sol aprendía con rapidez. El viejo Isaac puso a su disposición los libros que conservaba. Algunos ni siquiera se podían leer, de tan antiguos y deteriorados, pero Sol leía todo aquello que podía con ansias de aprender y de descubrir lo que había sido de la humanidad, descubrir cómo era la vida mucho antes de que ella y sus más recientes antepasados naciesen.

Sol pasó junto a Isaac un largo periodo de tiempo. Juntos cazaban y recogían frutos y plantas. Sol aprendió un montón de cosas del sabio, y éste asimismo aprendió de Sol todo lo referente a plantas medicinales y remedios para la curación de enfermedades. El viejo Isaac se había mantenido sano desde el día en que nació, no sabía lo que era estar enfermo. Él sentía que los años pasaban y que llegaría el día en que se iría para siempre, aunque esperaba irse sin enfermar y sin sufrimiento. No obstante, acogió complacido los remedios curativos de las plantas que le enseñó Sol.

Sol se sentía feliz cuando escuchaba a Isaac. Era un hombre sabio, y le hablaba de la vida y la muerte como nadie le había hablado anteriormente y como nadie lo haría en toda su vida…

—Debes liberarte del pasado —le decía Isaac una noche estrellada en que los dos, tumbados en el suelo, contemplaban las estrellas.

—Me resulta muy difícil, Isaac. A veces, me vienen sentimientos terribles, de odio y venganza hacia los hombres de mi tribu por haber matado a tantas y tantas niñas recién nacidas e inocentes por culpa de una ley absurda, y siento un escalofrío al pensar que yo soy una de ellas. Aunque esté viva, soy una de ellas, y las siento dentro de mí. Uma y Veva siempre me enseñaron a amar y nunca a odiar, ¿por qué me vienen entonces este tipo de sentimientos?

—Te vienen porque tú no haces nada para que no te vengan —le dijo Isaac—. Tú eres dueña de tus actos y de tus propios sentimientos. Lucha contra los sentimientos negativos y conserva sólo los positivos.

—No puedo olvidarme del pasado...

—El pasado es algo necesario para llegar donde has llegado. No debes aferrarte a él. Debes olvidar. Si no lo haces, nunca lograrás ser feliz. Y, sobre todo, debes perdonar a tu tribu por hacer lo que hace. Tú estás aquí para cambiar las cosas. Y las nuevas generaciones te lo agradecerán.

—Isaac, ¿vendrás tú conmigo cuando regrese a mi aldea?

—Te acompañaré el día que regreses. Deseo saludar a Agar, a Labán y a todos los miembros de su tribu. Me quedaré un tiempo con ellos, y luego volveré aquí, a mi hogar.

—¡Me gustaría tanto que vinieses a mi aldea y conocieses a mi madre, a Veva y a Jon!

—Tu aldea está muy alejada de la de Agar. Algún día podréis venir a verme, aunque dudo de que Veva pueda aguantar un viaje tan largo y tan duro. Pero no importa, puedo imaginarme cómo es ella, y aunque no pueda ver su cara, la veo en mi alma y también la siento, como siento sus palabras y las maravillosas cosas que te ha enseñado. Cada vez que me hablas de Veva y de lo que has aprendido de ella, me acuerdo de mi madre. Eran muy parecidas en sus ideas y acciones. Pertenecen a ese tipo de personas que, de cuando en cuando, el Universo coloca en este mundo para que otros aprendan de ellas, y para que de su sabiduría surjan personas que dejen huella y formen parte de la historia de la humanidad. Ese tipo de personas, como Veva, no son historia, ¡ni siquiera son recordadas mas que por sus parientes!, simplemente pasan por la vida y se desvanecen; pero su labor es inconmensurable, y casi nadie sabe que son ellas las que inician el camino de aquellos que sí serán historia. Como tú.

—Yo también me moriré un día, y me cuesta creer que mi nombre pase a la historia de la humanidad. ¡La historia de la humanidad! ¡Es demasiado grande para mí! No creo que me lo merezca...

—¡Claro que te lo mereces! Aún te queda mucho camino por recorrer. Lo que has hecho hasta ahora no es nada comparado con lo que harás en el futuro. ¡Cómo puedes decir que no te lo mereces!

—...

—Hay algo que te preocupa, ¿verdad?

—Me asusta el futuro, Isaac. Ha caído sobre mí una responsabilidad que no sé si podré sobrellevar.

—Es normal que tengas miedos y dudas. Todos los seres humanos los tienen. Pero lo importante es saber luchar contra ellos y vencerlos. Y el poder para lograrlo sólo lo tienes tú. Está aquí —le dijo Isaac poniéndole el dedo en la frente.

—¿A qué tienes tú miedo, Isaac?

—A nada. Hace tiempo que acabé con todo tipo de miedos y temores en mi vida.

—¿Ni siquiera... al fin?

—¿Al fin? ¿Te refieres a la muerte?

—Sí.

—¡Oh, no! ¡No temo a la muerte!

—Yo... a mí... me da un poco de miedo.

—No la temas, Sol. La muerte es como la vida, forma parte de nosotros. La muerte no es el fin, sólo es un cambio. Además, hay mucha gente esperándome y será para mí una gran alegría reencontrarme con ellos. Lo mismo te ocurrirá a ti.

—Sí, pero tú puedes hablar de esa manera porque eres un hombre que ha vivido una larga vida. Pero, ¿y la gente que se muere joven? ¿Y las hembras de mi tribu? ¿De qué ha servido que vinieran a este mundo tan sólo unas horas?

—Cada cual se va cuando ha cumplido su función. Las hembras primogénitas de tu tribu que fueron sacrificadas también cumplieron la suya. Aunque sólo fuese por unas horas, ellas vinieron para cumplir su función en la vida y lo hicieron.

—¿Qué función?

—No estoy seguro. Quizás algún día lo descubra, puede que cuando me reúna con ellas. Pero, es posible que ellas, con su muerte, iniciaran de alguna manera el cambio que ha de venir. Aunque eres tú la persona que va a hacer realidad ese cambio, sin ellas y sin su muerte, no se hubiese ni siquiera planteado. Y todo seguiría igual.

—Pero ellas estarían vivas.

—Si no existiese esa ley, existiría otra, igual de absurda y de injusta. La condición humana no cambia. Gracias a esa ley y a esas vidas sacrificadas injustamente, la humanidad sufrirá un cambio positivo, y el mundo progresará por nuevos cauces, ayudado por gentes de buen corazón y de buenos sentimientos.

Sol se sentía reconfortada cada vez que conversaba con Isaac. Y según iba pasando el tiempo, fue alejando sus miedos, sus dudas y su ira contra su tribu. Ella misma se daba cuenta de que estaba cambiando. Se sentía mucho más serena física y mentalmente. Isaac lo llamaba «madurar», una palabra nueva para Sol que ella aceptaba sonriente.

9

Llegó el día en que Isaac y Sol iban a iniciar el ascenso a la cumbre en busca del Gran Libro.

El día anterior hicieron todos los preparativos, y al día siguiente, al amanecer, se pusieron en marcha.

El camino iba a ser largo, pero iban bien equipados y llevaban comida y bebida suficientes.

A Sol le impresionaba ver lo fuerte y ágil que se mantenía Isaac a pesar de su edad —que nunca le reveló pero que debía de ser muy avanzada.

El ascenso a la cumbre fue una experiencia inolvidable. Sol e Isaac disfrutaron de la naturaleza, y de nuevo Sol se sintió «una» con ella, fundiéndose con la Montaña y sus seres vivos.

Cuando llegaron a la cima, Sol alzó sus brazos y gritó con todas sus fuerzas. La sensación que sintió al llegar arriba y divisar el paisaje que los rodeaba, su tierra tan bella y tan amada, fue tan fuerte y sublime, que jamás en su vida fue capaz de expresarlo con palabras. Fue una mezcla de alegría, felicidad, amor, estremecimiento, paz... tan intensos que, en aquel momento, pensó que no lo iba a poder resistir. Y gritó. Gritó con toda su alma, para desahogarse de aquello tan grande y maravilloso que estaba sintiendo.

Isaac la acompañó: alzó sus brazos y gritó con ella. Aquel fue el momento más emocionante de toda su vida.

Isaac llevó a Sol al lugar en el que había escondido el Gran Libro: enterrado bajo tierra en un lugar que sólo él conocía.

El Libro estaba muy bien protegido, guardado en una caja metálica. Isaac abrió la caja y sacó el Libro, que entregó a Sol.

Sol lo cogió con manos temblorosas. Era un libro enorme, ¡tendría más de mil páginas! Leyó el título:

Gran Enciclopedia de la Historia

Y con lágrimas en los ojos, abrazó a Isaac.

En aquel libro estaba todo lo que quería saber. Muchas cosas ya las había aprendido, pero el resto lo tendría a su disposición en cualquier momento. Y no sólo ella, sino el resto del mundo. Porque, lo primero que pensó cuando tuvo el Libro en sus manos, fue que, al igual que El Libro Sagrado en la aldea de Agar, la Gran Enciclopedia sería reescrita, cien, doscientas, ¡miles de veces!, para que cada familia poseyese en su casa la historia del mundo. Su historia. La historia de la humanidad.

El día en que Sol, acompañada de Isaac, bajó a la aldea del valle con el Gran Libro en sus manos, los habitantes —entre ellos Agar y Labán—, los recibieron como a verdaderos dioses y, entre lágrimas y abrazos, proclamaron a voz en grito el inicio de la nueva era.

Isaac se quedó a vivir en casa de Agar. Al principio iba a ser por un tiempo limitado, pero al final se quedó con Agar el resto de su vida. Con ayuda de varios miembros de la tribu, Isaac trasladó sus libros y demás pertenencias, de la cueva a la casa de Agar y allí vivió feliz los pocos años que le quedaban.

Cuando Jon tuvo el feliz presentimiento de que Sol había conseguido el Libro y que ya estaba de camino hacia su casa, informó a su tribu de lo sucedido desde el día en que Sol nació.

Uma, Veva y Jon, recibieron a Sol con los brazos abiertos y el resto de la aldea salió, entre vítores y alegría, a recibir al pequeño Sol, al que todos adoraban desde que nació y al que todos habían llorado el día que le creyeron muerto. Ya no les importaba que no fuese varón. Estaba vivo. Siempre le habían querido y ahora, después de haber oído los avatares de su corta e intensa vida, le querían más que nunca.

El jefe de la tribu abandonó la aldea, a pesar de que Sol insistió en que se quedase e iniciase una nueva vida pero él se marchó sin rumbo fijo, en busca de otra aldea o quizás de otras tierras.

Con el nuevo jefe de la tribu, Jon, la ley del primogénito quedó abolida, además de muchas otras leyes absurdas e injustas.

Pero esto sólo fue el principio. A partir de entonces, el mundo empezó a cambiar.

Cuando Sol pasaba por su aldea para visitar a su madre, a Jon, a Veva y a su hermana Luna, fruto de la unión de Uma y Jon, nunca se quedaba mucho tiempo, sino que en seguida iniciaba su marcha hacia nuevos lugares donde llevar sus ideas de cambio y prosperidad.

Y así, durante toda su vida, Sol viajó por el mundo; y fue querida y adorada por todos aquellos que encontraba a su paso. Nunca tuvo hijos, y le gustaba rodearse de niños, a quienes inculcaba buenos y sabios pensamientos. Sol luchó por hacer realidad sus ideas de progreso, de convivencia y de unión entre distintas aldeas y distintos territorios. Estaba convencida de que, juntos, resurgirían y la humanidad volvería a ser lo que una vez fue y perdió.

Sol viajó, viajó y viajó... Pero nunca iba

sola. Labán la acompañaba siempre en sus viajes, y no se separó de ella jamás.

Juntos viajaron hasta el final de sus días...

ÍNDICE

TÍTULOS DE LA COLECCIÓN

1. El guardián de Senderos
Concha López Narváez/Carmelo Salmerón

2. La casa de las cuatro chimeneas
Juana Aurora Mayoral

3. Cuando sea mayor
Alfredo Gómez Cerdá

4. Elecciones en Zoolandia
Antonio Manuel Fabregat

5. Un mago de cuidado
Mercé Viana

6. Viaje al país de los cocólitos
Josep Antoni Fluixà

7. Pepo y el delfín rosa
Isabel Córdova

8. Chilam y los señores del mar
Carlos Villanes Cairo

9. Poli y la bruja majadera
Blanca García Valdecasas

10. Animal de compañía
Montserrat del Amo

11. El Extraño Señor de la Nubes
Carlos Murciano

12. El memoriápodo
Ana María Romero Yebra